KB146017

푸른 눈의 보단

푸른 눈의 보단

서해문집 청소년문학 033

초판 1쇄 발행 2024년 9월 25일

지은이 박영주
펴낸이 이영선
책임편집 김종훈

편집 이일규 김선정 김문정 김종훈 이민재 이현정
디자인 김회량 위수연
독자본부 김일신 손미경 정혜영 김연수 김민수 박정래 김인환

펴낸곳 서해문집 | 출판등록 1989년 3월 16일(제406-2005-000047호)
주소 경기도 파주시 광인사길 217(파주출판도시)
전화 (031)955-7470 | 팩스 (031)955-7469
홈페이지 www.booksea.co.kr | 이메일 shmj21@hanmail.net

ⓒ박영주, 2024
ISBN 979-11-92988-86-3 43810

서해문집
청소년문학
033

푸른 눈의 보단

박영주 장편소설

서해문집

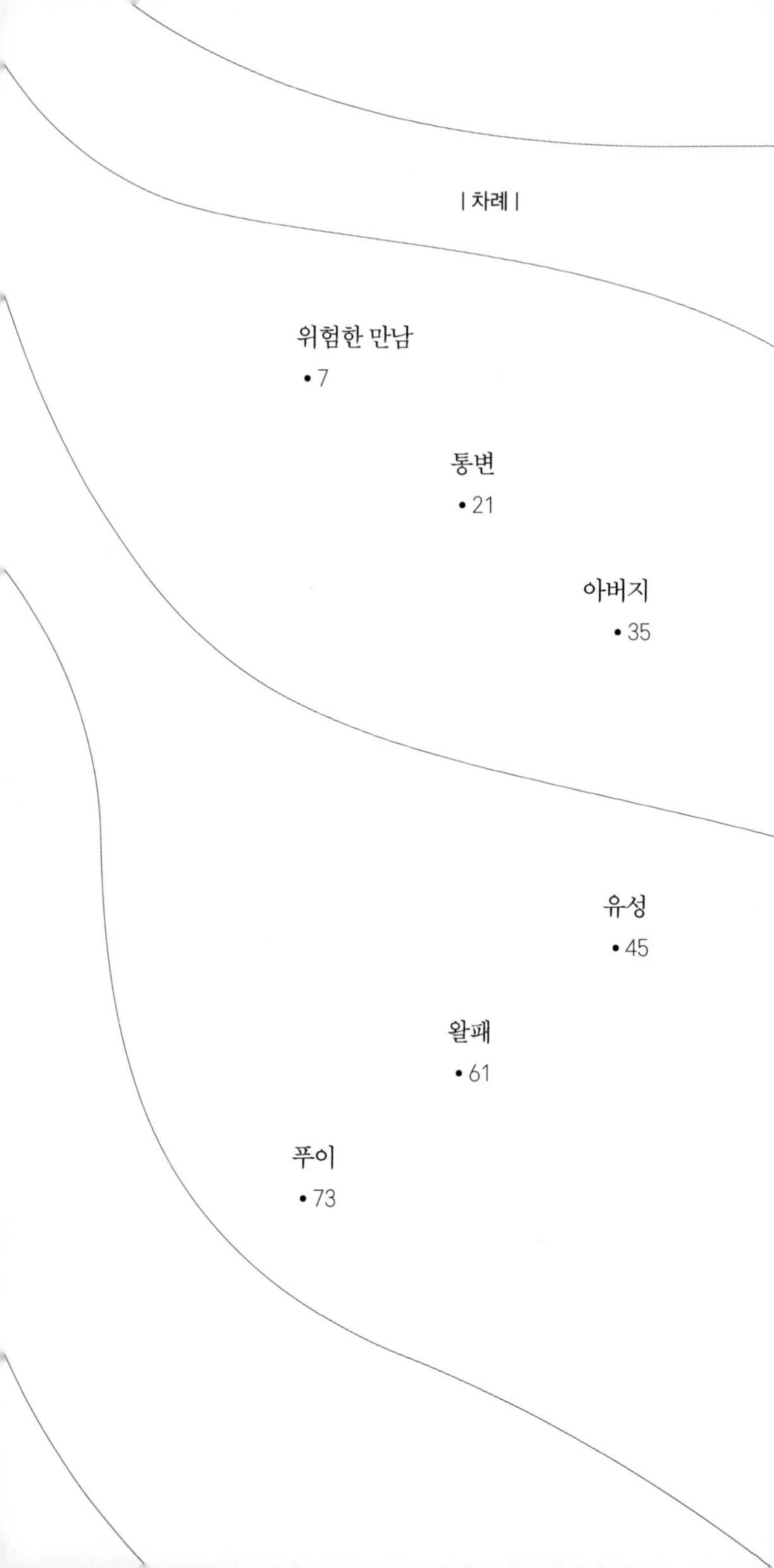

| 차례 |

위험한 만남

'울 엄니에게도 보약 한 제 지어 드리고 싶다!'

보단이 야트막한 구리개 언덕길을 오르며 중얼거렸다. 사방 천지에 탕약을 달이는 달큼한 향이 가득했다. 요즘 들어 부쩍 야위어 보이는 어머니 얼굴이 떠올라 가슴이 저릿했지만, 보단은 곧 자기 처지를 깨달았다. 마님 심부름이나 다니는 홍 역관 집 머슴 신세에 어떻게 어머니 보약을 해 드릴 수 있을까?

씁쓸한 마음으로 발걸음을 재촉하는데 몇 걸음 못 가 이번에는 유성이 생각나서 피식 헛웃음이 나왔다.

'마님은 도대체 유성이가 뭘 하고 다니는지 아시는 걸까? 이렇게 철마다 보약을 먹이면 기운이 뻗쳐서 말썽만 더 부릴 텐데….'

보단이 보기에 홍 역관의 외동아들인 유성은 공부에 영 뜻이 없었다. 외국어를 가르치는 사역원 생도가 되려면 아무리 이름난 역관의 자식이라도 사역원 교수들이 만장일치로 추천하고 시험도 통과해야만 한다. 역관은 보통 가문에서 대를 잇지만, 사역원을 거치지 않으면 정식 역관 직위를 받을 수 없는데 그동안 유성은 사역원 생도 시험에서 몇 번이나 낙방했다. 결국 홍 역관이 동료들에게 은밀하게 부탁한 뒤에야 유성은 간신히 합격할 수 있었다. 주변 사람들이 내색을 안 할 뿐 이 사실은 공공연한 비밀이었다. 하지만 그런다고 공부에 담을 쌓은 유성이 달라질 리 없었다. 자기 힘으로 합격이라도 한 듯 더 기고만장해져서 연이어 말썽만 일으키고 다녔다.

보단은 이런저런 생각을 하며 약방을 향해 천천히 걸어갔다. 그런데 어디쯤이었을까, 보단의 귓가에 낯선 말소리가 들려왔다. 분명 만주어였다. 고개를 돌려 주변을 살펴보니 아니나 다를까 청나라 사람으로 보이는 서넛이 주변 약재상들을 기웃거리며 서로 이야기를 나누고 있었다.

"이 일대가 약종상들이 모여 있다는 구리개가 맞는 것 같긴 한데…."

"혜민서를 막 지났으니 그런 듯하오."

"약재 달이는 냄새며, 상점 앞에 말린 약재와 약봉지들이 쌓여 있는 걸 보니 약종상들이 맞네."

"여기서 제대로 된 청심환을 구해야 할 텐데 말이오."

청심환은 갑자기 중풍으로 쓰러지거나 마음을 진정해야 할 때

효과가 있는 약으로 알려져 있다. 인삼과 더불어 조선의 청심환은 청나라에서 아주 높은 가격에 팔린다고 한다. 물론 청나라에도 청심환이 있지만 조선에서 제조한 것의 약효가 월등하게 뛰어나기 때문이다. 보단은 홍 역관이 연행 길에 나설 때마다 청나라 지인들에게 선물한다며 청심환을 많이 구해 가던 것이 생각났다.

그러려니 하고 지나치는데 다시 말소리가 보단의 귓속으로 파고들었다.

"조선 청심환을 가져가면 연경에서 아주 좋은 값에 되팔 수 있답니다. 모처럼 한양에 온 김에 꼭 구해 갑시다."

"그런데 무슨 수로 거래한단 말이오? 조선 상인들이 우리 말을 알아들을 리도 없고."

"필담은 가능하지 않겠소?"

"괜히 소란을 피워서 사신단에 알려지면 밀거래한다고 윗분들에게 경을 칠지도 모르니 조심합시다."

요즘 청나라 사신단이 들어왔다더니, 그 일행 중 일부가 시장에 나와 물건을 구하는 모양이었다. 그동안 사역원에 드나들며 어깨너머로 만주어를 배웠는데, 실제 청나라 사람들을 이렇게 보게 될 줄이야. 보단은 그들의 대화를 알아듣는 자신이 신기했지만, 일단 마님 심부름이 먼저였다.

"의원님! 홍 역관 댁에서 왔습니다."

보단이 거리의 양편에 늘어선 의원과 약재상 중 한 곳으로 들어서서 공손히 인사하며 말했다. 마루 중앙에 앉아 처방전을 쓰고 있던 의원은 고개도 들지 않았다. 그의 머리 위 천장에는 종이봉투가 많이 매달려 있는데 봉투 바닥에는 한자로 약 이름이 적혀 있었다. 나이 든 의원 곁에서 약재들을 갈아 가루를 내던 조수 중 한 명이 일어나 보단에게 다가오며 말했다.

"바로 옆 약방으로 가서 마님이 주문하신 환약 단지를 찾아가거라."

기숙사에서 생활하는 유성에게 하루 두 차례 약을 달여 먹일 수 없어 안타까웠던 마님이 보약을 달여서 환으로 만들어 달라고 특별 주문을 했었다.

구리개의 수많은 의원 옆에는 약방이며 약재상이 여럿 이어져 있었다. 의원이 진맥한 후에 처방하면 약재상에서 재료들을 구해 달여 주거나 환으로 만들어 주면서 서로 공생했다.

"정성을 많이 들여 빚었다고 전해라. 내년 봄에 또 오시라고도…."

보단에게 고운 보자기에 싼 환약 단지를 내어주던 약방 주인이 거리 쪽을 내다보며 혼잣말처럼 툭 내뱉었다.

"저 되놈들은 왜 아까부터 가게마다 기웃거리며 다니는 거야?"

보단이 돌아보니 오는 길에 스쳐 지났던 청나라 사람들이었다. 아직 청심환을 구하지 못한 모양이다.

"아저씨, 여기서 청심환도 만들어 파시지요?"

보단이 약방 주인에게 물었다.

"당연하지. 우리 청심환이야말로 이 일대에서 최고 품질이잖니. 그래서 너희 홍 역관 나리도 청나라에 가실 때마다 꼭 우리 집에서 주문하시는 것 아니냐? 그런데 그건 왜 묻느냐?"

"저 사람들이 청심환을 사고 싶어 하는 거 같아서요."

"허! 그래, 안 그래도 되놈들이 조선 청심환에 환장한다더니. 마침 여태 못 팔고 남은 것들이 제법 있다만 저 작자들에게 팔 도리가 있나, 말이 통해야 말이지!"

보단이 잠시 망설이다가 약방 주인에게 물었다.

"제가 한번 이야기해 볼까요?"

"네가 저 사람들 말을 한다고?"

"잘하진 못해요. 그래도 말을 걸어 볼까요?"

약방 주인이 반신반의하는 사이 보단이 가게 밖으로 나가 청나라 사람들에게 말을 걸었다.

"안녕하세요? 뭐 필요한 거 있으세요?"

갑자기 만주어로 말을 걸어오는 보단을 발견한 일행이 반색하면서 다가왔다.

"우리 말을 아느냐?"

"조금요."

"마침 잘됐구나. 이 일대에 청심환을 잘 만드는 약방이 있느냐?"

"제대로 찾아오셨네요. 이 약방이 한양에서 제일 유명해요. 제가 모시는 나리도 이곳 청심환을 드시거든요."

"허허, 우리가 제대로 찾아왔구려."

보단의 말에 청나라 사람들이 크게 반가워하며 약방 입구로 다가섰다. 그러자 그들을 수상스러워하던 주변 약재상들과 행인 들이 좋은 구경거리가 생긴 듯 몰려들었다.

"되놈들이 청심환을 사려는 거였구먼."

"그런데 저 아이는 뭐래? 어찌 저렇게 생겼누?"

"사람 코가 남산만 하네그려."

"어허! 참 요상하군. 얼굴은 천상 남만인인데 되놈 말을 저리 잘 하다니."

"그나저나 저 되놈들 당최 뭔 소리 하는 거야?"

주변 사람들이 호기심에 약방을 들여다보며 수군거렸다. 그러나 보단은 개의치 않고 거래를 돕느라 바빴다. 약방 주인이 뒷방 저장고에서 꺼내 온 청심환들은 손톱만 한 크기로 동그랗게 빚어졌는데, 일일이 금박이 씌워 있었다. 주인은 그중 몇 개를 작은 종지에 덜어서 건네주며 말했다.

"보단아, 만지지 말고 향부터 먼저 맡아 보라고 해라."

약방 주인의 말을 전하자, 청나라 사람들은 저마다 코를 킁킁거리며 청심환을 살폈다. 그 모습에 여기저기서 킥킥 웃는 소리가 들렸다.

"조선 청심환이 신단(神丹)이라더니, 과연 모양과 향이 뛰어나구나."

"더 살펴볼 것도 없네. 값이나 알아봅시다."

"그래도 오래되거나 가짜는 아닌지 확인은 해 봅시다."

일행 중 한 명이 조심스러워했지만 다른 사람들은 이미 청심환에 마음을 뺏겨서 감탄을 금치 못했다.

"보단아, 청심환은 두 개당 한 냥은 받아야 한다고 해 봐라."

보단이 값을 말해 주자, 청나라 사람들은 더 놀라서 자기들끼리 흥분했다.

"이 정도 가격이라면 연경에서 크게 한밑천 잡을 것 같네. 적어도 열 배 이상 이윤을 볼 것 같은데."

"내가 듣기론 300배나 붙여 판 이들도 있답니다."

"애야, 주인에게 청심환이 몇 개나 있냐고 물어 다오."

보단이 모두 200개 정도 있다고 하자, 청나라 사람들은 흥정할 생각도 하지 않고, 품 안에서 주섬주섬 돈을 꺼내더니 주인에게 넘겨주었다.

곁에 서 있던 보단의 두 눈이 휘둥그레졌다. 구경하던 사람들 사이에서 꼴깍하고 침 넘어가는 소리도 들렸다. 팔다 남은 청심 환을 갑자기 한꺼번에 넘기게 된 약방 주인은 좋아서 입을 다물지 못했다. 부랴부랴 청심환들을 포장하고는 쌍화차 봉지며 심지어 말린 인삼 몇 뿌리까지 덥석 집어서 덤으로 챙겨 주었다.

"너도 조선 아이냐?"

원하던 청심환을 구한 만족감에 이제야 생각난 듯 청나라 사람 한 명이 보단에게 물었다.

"어… 네!"

살짝 망설이기는 했지만 보단이 그렇다고 대답하자 그는 고개를 끄덕이면서도 약간 의아한 표정을 지었다. 그럴 만도 한 것이 생김새도 그렇고 만주어까지 하는 보단이 조선의 평범한 아이처럼 보이진 않을 터였다.

"오늘 애썼다. 또 만나면 좋겠구나."

"고맙습니다. 안녕히 가세요."

보단이 일행에게 고개 숙여 인사하자, 아직도 입꼬리가 올라가 있는 약방 주인까지 연신 고개를 끄덕이며 청나라 사람들을 배웅했다. 처음 그들을 봤을 때 되놈이라며 한껏 업신여기던 태도는 이미 사라진 지 오래였다. 일행이 가게 밖으로 나오자 모여들었던 사람들이 양쪽으로 갈라지며 길을 내주었다.

"이 집 주인장은 오늘 횡재했구먼."

"저 도깨비 같은 애 덕분이지 뭐야."

"담엔 우리 집에 들르면 좋을 텐데."

웅성거리는 소리에 번뜩 정신을 차린 보단은 서둘러 보약 단지를 들고 주인에게 인사했다. 심부름 길이 너무 지체되었다.

"보단아! 옜다, 오늘 품삯이다."

약방 주인이 보단에게 엽전 몇 개를 내밀었다.

“아닙니다. 그냥 도와드린 건데요.”

당황한 보단이 손사래를 치며 돌아서려는데 주인은 극구 손에 돈을 쥐여 주며 고마워했다.

“네 덕이지 뭐냐. 수고한 대가는 받아야지. 넣어 두어라.”

보단은 기대하지도 않았던 사례를 받아서인지, 마치 도둑질이나 한 것처럼 가슴이 두근거렸다. 황송한 마음에 주인에게 넙죽 인사하고 발길을 재촉했다. 마님이 늦었다며 뭐라고 할지도 걱정이지만, 자기가 야단맞는 모습을 애처로이 바라만 볼 어머니 생각에 더 마음이 급했다. 그런데 그때였다.

“어이, 코쟁이!”

누군가 갑자기 보단을 앞지르며 가던 길을 막았다.

“너 광통교 홍 역관 집 머슴 맞지?”

“…….”

보단은 순간, 이 사람이 약방 주인에게 받은 돈을 보고 따라왔나 하는 생각이 들었다.

‘그런데 어떻게 나를 알지? 홍 역관 집에 사는 것까지?’

돈은 빼앗기더라도 유성의 보약은 지켜야 한다는 생각에 단지를 부둥켜안았다. 그리고 불안하게 자신을 부른 사람을 바라봤다. 의외로 자기보다 키도 작고 바짝 마른 체격이라 일단 조금 안심이 되었다. 그러나 삐딱하게 버티고 서서 자신을 바라보는 가늘고 뾰족한 눈매를 보자 보단은 오금이 저렸다.

"제법이던걸. 역관 집 머슴이라 만주어까지 하는 거냐?"

"그게 아니라, 내가…."

보단이 뭐라고 설명이라도 하려 했으나 입이 떨어지질 않았다.

"아주 좋아, 난 망동이다. 망둥이가 아냐, 망! 동! 알았지? 기억해라!"

그러고 보니 보단도 망동 이야기를 들은 적이 있었다. 시전이나 배오개는 물론 숭례문이 있는 칠패 지역까지 시장판마다 돌아다니며 상인들에게 손님을 끌어다 주고 삯을 받는 여리꾼이다. 제법 큰 왈패 무리를 몰고 다니며 각종 거래에 끼어들어 도에 넘치는 이윤을 챙기는 걸로 악명이 높았다. 나이도 많지 않은데 지독 하기가 이를 데 없어서 웬만한 성인 거간꾼들도 상대하기를 꺼린다고 했다.

보단의 머릿속이 복잡하게 돌아갔다. 사실 덩치로 봐서는 싸움을 벌여도 밀리지는 않을 것 같았다. 자기보다 훨씬 작은 그를 힘으로 밀치면 여기서 일단 도망은 갈 수 있을 듯했다. 그러나 만약 그 와중에 유성의 보약 단지를 놓치기라도 하면 그 뒷감당이 어려울 터라 함부로 행동할 수도 없었다. 게다가 망동은 지금 자기와 싸우려고 시비를 거는 것 같지는 않았다.

"너 앞으로 나랑 일하자. 한밑천 잡게 해 줄게. 머슴살이보다 나을 거다."

망동이 음흉한 미소를 지으며 보단에게 계속 말을 걸었다.

저절로 움찔해지는 쇳소리 같은 목소리였다.

"내가 무슨 일을 해요?"

"간단해. 그저 내가 데려오는 되놈들 통변만 해라."

"나는 그저 귀동냥으로 배운 거라 제대로 말할 줄은 모르는데."

보단은 말을 얼버무리며 얼른 걸음을 옮기려 했다. 그때 실실 웃으며 다가온 망동은 보단이 손에 꼭 쥐고 있던 엽전들을 획 낚아챘다.

"이까짓 엽전 몇 푼은 아무것도 아니다. 내 말만 잘 들으면."

자칫하면 단지까지 놓칠 것 같아 보단은 저항 한 번 못 했다.

차라리 빨리 이 자리를 벗어나는 것이 나을 듯했다.

"그래, 오늘은 이만 가라."

보단을 한동안 뒤따라오며 망동이 단언하듯 소리쳤다.

"또 보자. 앞으로 날 형님이라 부르게 될 거야."

빼앗긴 돈을 생각하면 당장 달려들어 싸우고 싶지만 지금은 그럴 겨를이 없었다. 보단은 억울한 마음을 누르며 단지를 더 깊게 보듬었다. 빨리 집으로 돌아가야 했다.

통변

"너 어디 갔다가 지금 나타나는 거야!"

빨래터에서 막 돌아오는 보단의 팔을 유성이 다짜고짜 잡아끌었다.

"왜 그러세요?"

"잔소리 말고 따라와."

영문도 모른 채 청학청의 한 방으로 끌려 들어간 보단의 몸이 얼어붙었다. 방 안에 있던 생도들의 시선이 일제히 보단과 유성에게 향했다.

"훈도 어른, 저 대신 매 맞을 종놈을 데려왔습니다!"

유성은 청학 훈도가 앉아 있는 앞쪽으로 보단의 등을 확 밀어 버리고는 자기 자리로 돌아가 앉아 버렸다. 그리고 마치 큰 죄인을 잡아 오기라도 한 듯 당당한 얼굴로 다시 한번 말했다.

"어서 벌을 내리시지요."

청학 훈도 진 선생이 어이없어하며 물었다.

"너 대신 이 아이를 때리란 말이냐?"

"예, 원래 주인 대신 아랫것이 벌을 받는 것 아닌가요?"

조금 전까지 웅성거리던 교실 안이 갑자기 조용해졌다. 보단이 갑작스러운 상황에 당황해하며 유성에게 물었다.

"도련님, 도대체 뭘 잘못하셨어요?"

"네가 알 것 없다. 맞으라면 그냥 빨리 맞고 나가!"

보단의 시선을 애써 피하며 유성은 짜증스럽게 대답했다.

두 사람의 대화에 다시 생도들이 수군거리기 시작했다.

"유성 생도는 정말 뻔뻔하군! 시험은 자기가 망쳐 놓고 벌은 종더러 받게 하다니."

"종이 아니라던데?"

"머슴이나 종이나 매한가지 아닌가?"

생도들은 그동안 보단이 유성의 잔심부름을 하러 사역원에 드나들던 것을 보았던지라 저마다 한마디씩 했다. 어깨 너머로 들려오는 얘기들을 들은 보단의 머릿속에서 얼추 앞뒷일들이 꿰맞춰졌다.

사역원에는 시험이 많았다. 그리고 시험에서 통과하지 못하면 그때마다 생도들에게는 엄한 벌이 내려졌다. 유성도 여러 차례 시험을 통과하지 못해서 벌을 받아 왔는데, 오늘은 드디어 매까지 맞을 판국이었다. 그동안 아버지 홍 역관의 체면을 봐서 넘어가 주던 청학 훈도 진 선생도 이번에는 도저히 그냥 봐줄 수 없을 정도로 성적이 형편없었다. 그런데 갑자기 유성이 밖으로 나가더니 자기 대신 매 맞을 보단을 끌고 들어왔다.

예상치 못한 일이라 보단은 겁도 나고 점점 화가 치밀었다.

"그나저나 저놈 얼굴 좀 보게, 백설기같이 하얗구먼."

"웬걸 오히려 시푸르뎅뎅하네그려, 도깨비같이."

"하하, 그럼 사람이 아닌 게야."

"훈도 어른, 어서 벌이나 주시지요."

생도들은 예상치 못한 재미있는 구경거리를 즐기며 보단을 놀려 대기 시작했다.

청학 훈도 진 선생이 헛기침했다. 그동안 공부에는 관심 없이 말썽만 부리던 유성의 행동이 기가 막히긴 해도 완전히 틀린 말은 아니었다. 사역원에서는 시험 성적이 좋지 못한 생도들에게 내릴 벌을 하인에게 대신 주기도 했기 때문이다. 더군다나 훈도인 자신보다 지위가 높은 홍 역관의 아들 유성을 직접 매질하겠다고 고집할 필요는 없었다. 진 선생은 어서 이 상황을 마무리하려고 회초리를 들었다.

"흠! 어서 종아리를 걷어라."

꼼짝없이 회초리로 세 차례나 얻어맞은 보단은 절뚝이며 밖으로 나왔다. 청학청 맞은편 신당까지 나와 모퉁이 디딤돌에 주저앉고 나니 화가 나기보다 슬픔이 몰려왔다.

"엄니가 보면 안 되는데…."

보단은 아픈 종아리를 문지르며 자국이 남지 않기를 바랐다. 아침에도 유성 때문에 봉변을 당했는데 매까지 대신 맞고 나니 자신의 처지가 서럽기만 했다.

아침나절에 있었던 일도 기가 막혔다. 기숙사 방 청소를 마친 보단이 빨랫감을 모아 나오고 있었다. 마침 시험 준비를 하는지, 유성과 다른 생도 한 명이 회화를 연습하는 소리가 들렸다.

"애비치 암바 아거(오는 것이오? 대인! 어디에서)?"

"왕 깅 솨햔지허 비(왕경 조선 온다 나)."

'맙소사! 어떻게 저렇게 말해? 수업에서 뭘 공부한 거야?'

두 생도는 나름대로 진지하게 회화를 연습하고 있었지만 터무니없이 틀렸다는 사실은 모르는 듯했다.

"암바 아거 시 애비치 지허(대인, 그대는 어디서 오셨나요)?"

"비 솨햔왕 깅 치 지허(나는 조선 왕경에서 왔소)!"

두 생도의 대화를 제대로 고쳐서 혼잣말하며 중문으로 향하던 보단은 누군가 발을 거는 바람에 땅바닥에 나자빠지고 말았다. 안고 있던 빨랫감들이 온 마당에 널브러졌다.

"네 이놈, 상전을 봤으면 인사해야지!"

고개를 들어 보니 유성과 다른 생도들이 히죽거렸다.

“이 근본도 없는 놈 같으니라고. 예의 없이 군다고 어머니께 이를 테다!”

같이 있던 생도들은 실실 웃기만 했다. 보단은 그저 털고 일어나 빨랫감들을 챙기는 것밖에 할 수 있는 일이 없었다.

‘후유! 이 노릇을 언제까지 해야 하나?’

보단이 아침에 있었던 일을 생각하며 신당 모퉁이에 한동안 쭈그리고 앉아 있었다. 한숨이 절로 나왔다. 해가 완전히 기울어 어둑해지자 간신히 몸을 일으켜서 집으로 돌아갈 채비를 했다.

“도련님! 이제 본가로 돌아가겠습니다.”

마음 같아서는 다시는 상종도 하기 싫었지만 보단은 유성에게 인사말을 했다. 유성은 미안한 내색이라고는 전혀 찾아볼 수 없는 뻔뻔한 얼굴로 다시 한번 보단의 속을 뒤집었다.

“내일 어머니께 약과를 보내 주시라 전해. 너 중간에 빼먹지 마. 주시는 대로 다 가져와야 한다.”

유성의 옆에 더 있으면 무슨 소리를 들을지 모른다. 보단은 괜히 시비 걸어오는 소리를 애써 한 귀로 흘려들으며 꾸벅 인사했다.

“네, 내일 뵙겠습니다.”

보단은 사역원 대문을 나와 운종가를 가로질러 개천 길로 접어들었다. 그나마 저녁까지 기숙사에서 유성을 보지 않는 것만도 다행이라고 생각했다. 유성의 행패를 하루 이틀 당하는 것이 아니지만, 오늘은 매까지 맞으니 생각할수록 억울했다. 어머니한테 내색

할 수도 없는 일이다. 어머니까지 속상하게 하고 싶지 않았다.

보단은 꽤 오래전부터 어머니와 함께 유성의 집에서 행랑살이를 했다. 기억에 흐릿한 아버지는 나선(러시아)에서 온 상인이었다는데 그 피를 받은 하얀 얼굴빛과 옥색 눈, 그리고 날카로운 콧날 때문에 보단은 어디서나 놀림감이 되었다. 특히 유성은 누구보다 앞장서서 보단을 골탕 먹이는 일에 몰두했다. "천박한 코쟁이 놈", "후레자식" 소리를 입에 달고 자신보다 머리 하나는 더 큰 보단을 괴롭혔다. 이런 유성을 시중들어야 한다는 사실이 괴로웠지만, 보단에게 달리 피하거나 대들 방법은 없었다.

"아버지가 여기로 우리를 데리러 오실 것이야. 그때까지 조금만 더 참고 기다리자!"

어릴 적 보단이 왜 이런 데서 살아야 하냐며 분통을 터트릴 때마다 나지막한 목소리로 다독이던 어머니는 눈가에 눈물이 가득하곤 했다. 그런 엄마의 모습을 볼 때마다 보단은 자기 처지가 원망스러웠다. 그리고 이 모든 것이 어디론가 떠나서 돌아오지 않는 아버지 탓이란 생각이 들었다.

보단은 이런저런 생각을 하며 최대한 천천히 발을 옮겼다. 북적거리는 시장통에서 답답한 마음을 털어 내려고 애쓰며 얼마쯤 걸어갔을 때였다.

"잘 있었냐? 코쟁이!"

막 광통교 입구로 들어서는데 망동이 불쑥 앞을 가로막았다.

보단은 내심 깜짝 놀랐지만 이번에는 겁내고 싶지 않았다. 우선 심호흡하고 망동을 똑바로 바라보며 말했다.

"아니, 또 따라온 거야?"

"제법인데? 이제부터는 서로 말을 놓자는 거냐?"

보단이 반말로 대꾸하자 망동이 좀 놀란 듯했다. 그러나 이 내 실실 웃으면서 말을 이어 갔다.

"내가 뭐랬어? 우린 다시 만날 거라고 했지?"

"어쩌라는 거야?"

"돈을 벌자니까!"

보단은 망동의 악행을 익히 알고 있는 터라 어떻게든 빠져나가고 싶었다. 그러나 한편으로는 돈을 벌 수 있다는 말에 솔깃해졌다. 일단 지난번에 뺏긴 돈이라도 되찾고 싶은 마음이 굴뚝 같았다.

"도대체 어떻게 번다는 거야?"

"당기는 모양이지? 이 형님을 따라와 봐, 너한테 딱 맞는 일이 있어."

보단이 관심을 보이자 망동이 능글맞은 표정을 지으며 목소리를 낮추었다.

"요즘 되놈들이 한양에 많이 오는 거 알지?"

"그래, 얼마 전에도 사행단이 왔잖아."

"역시 역관 집 머슴이라 잘 아는군! 그 사행단을 따라온 상인 중에 우리 물건을 구하고 싶어 하는 작자가 많아. 그런데 말이 통해야 말이지.”

보단의 가슴이 철렁했다.

“청나라 상인들과 밀거래하자는 거야? 관원에게 발각되면 어쩌려고?”

시장에서 허락도 없이 물건을 거래하다 발각되면 압수당하는 것은 물론 관아에 끌려가 엄한 벌을 받아야 한다. 게다가 외국인의 거래를 돕다가는 무슨 날벼락이 떨어질지 모를 일이다. 보단이 놀라는 것은 당연했다. 그러나 망동은 태연했다.

“그런 건 이 형님이 다 알아서 한다. 너는 통변이나 해!”

“큰일날 소리 하지 마!”

“그럼 너 평생 머슴살이나 하고 살 거야?”

이때 망동이 내뱉은 말이 송곳처럼 보단의 가슴을 찔렀다. 퍼뜩 어머니의 얼굴이 떠올랐다. 그리고 힘들게 고생하는 어머니에게 보약 한 제 지어 드리지 못하는 자신의 처지에 화가 나서 뭐라고 망동에게 대꾸할 수도 없었다.

망동은 보단의 흔들리는 마음을 읽기라도 한 듯 집요하게 설득했다.

“잘 생각해! 이런 기회 또 올 것 같냐? 내 말 들으면 한밑천 잡게 해 준다니까!”

‘그래, 나라고 맨날 이렇게 살 수는 없잖아. 더 이상 종 취급당하며 살기 싫어.’

보단은 자기도 모르게 망동의 꼬임에 마음이 쏠리고 있었다. 어서 돈이라도 벌어서 이런 생활에서 벗어나야겠다는 오기가 생겼다. 잠시 망설이던 보단이 조심스럽게 망동에게 물었다.

"그럼 나 얼마 줄 건데?"

"이 형님이 알아서 쳐 준다니깐."

"수입의 1할은 줘야 해. 엽전 몇 푼 던져 줄 거면 난 안 한다."

말은 그렇게 했지만 보단은 내심 겁이 나서 몸을 돌려 집으로 가려 했다.

"알았다. 이 녀석아! 네 배포가 마음에 든다."

망동이 보단의 어깨에 툭 하고 팔을 올리며 걸음을 이끌었다. 얼마쯤 지나 두 사람은 개천 뒤 골목길로 접어들었다. 시전 상인들의 살림집과 창고가 모여 있어 늘 북적거리는 곳이었다. 날이 저물면서 큰 거리에 있는 상가들은 장사를 접고 있었지만, 이곳은 아직 사람들이 붐비고 있었다.

잠시 뒤 저만치에서 보단 또래인 한 아이가 주변을 살피며 청나라 사람 둘을 데려왔다. 그들을 본 망동은 보단의 어깨에서 팔을 내리며 말했다.

"자, 이제 네가 일할 차례야. 가서 뭘 찾는지 물어봐."

잠시 머뭇거리던 보단이 청나라 사람들에게 다가가 목례한 뒤 말을 시작했다.

"찾는 물건이 있나요?"

"오호, 너는 만주어를 하는구나!"

"우리는 질 좋은 남령초(담배)를 찾고 있네."

보단이 청나라 사람들의 말을 전하자, 망동이 실눈을 더 가느다랗게 뜨고 씩 웃었다.

"우리가 좋은 제품을 싸게 구해 주겠다고 말해."

망동이 보단에게 눈짓했다. 남령초 거래는 엄연히 불법 이어서 공공연히 거리에서 떠들 수는 없었다. 조선의 질 좋은 남령초를 구하려는 청나라 상인들이 늘어나면서 관아의 단속이 점점 엄격해졌기 때문이다.

일행은 뒷골목 끄트머리 모퉁이에 있는 허름한 상가 2층 창고로 들어갔다. 어디선가 남령초의 쌉싸름한 냄새가 풍겨 왔다. 청나라 사람들은 창고 주인이 들고나온 상자 속 남령초들을 예리하게 살펴봤다. 품질에는 만족하는 듯했지만 연신 고개를 끄덕이며 서로 뭔가를 의논했다. 보단이 듣자니 작년에 한양에 왔던 청나라 사신들이 남령초를 가마에 숨겼다가 발각됐던 일을 염려하고 있었다. 잠시 뒤 그중 한 사람이 보단에게 물었다.

"눈에 잘 안 띄도록 작게 포장할 수 있을까?"

보단의 말을 전해 들은 창고 주인은 어디선가 미리 준비해 놓은 작은 상자들을 가져왔다.

"내가 냄새도 새지 않게 단단히 묶어 줄 수 있다고 해라."

창고 주인의 말을 전하며 보단은 청나라 사람들에게 포장값까지 별도로 받아 냈다. 이 모습을 망동이 음흉한 미소를 지으며 지켜보고 있었다. 얼마 뒤 계산을 마친 청나라 사람들은 반 근이 넘는 남령초를 받아 들고 데려왔던 아이를 따라 돌아갔다. 그동안 창고 구석에 앉아 있던 망동이 천천히 몸을 일으켰다.

"아재, 이 녀석 통변 실력이 꽤 쓸 만하죠?"

"그러게나 말이야, 포장값까지 제대로 받아 줬구먼."

창고 주인도 아주 만족한 듯 대답했다.

"자! 그럼 계산합시다!"

망동이 건들거리며 창고 주인에게 다가오자, 그는 얼른 꽤 많은 엽전을 건네주었다. 그 돈을 받아 쥔 망동이 보단에게 보라는 듯이 엽전 묶음을 쩔렁쩔렁 흔들어 댔다.

'저 돈의 1할을 준다고 했지?'

순간 보단의 기대감이 커졌다. 그러나 망동은 겨우 엽전 서너 개를 보단에게 툭 던져 주고 밖으로 나가 버렸다.

"이게 뭐야? 약속이 다르잖아!"

화가 치민 보단이 소리를 지르며 따라 나가려 했다. 그러나 망동은 뒤도 돌아보지 않고 손을 머리 위로 흔들면서 사라져 버렸다. 그를 쫓아가서 항의하려는 보단을 창고 주인이 말렸다.

"아서라, 애초에 야비한 놈인 줄 몰랐더냐? 날도 어두워지는데, 따라갔다가 너만 다친다."

내가 저런 놈한테 또 당하다니!'

보단은 오늘 하루가 참 길고 힘들었다고 생각했다. 유성에게 당해서 홧김에 저지른 일이었지만 더 나쁜 놈에게 스스로 엮혀든 셈이다. 문득 제정신이 돌아온 보단은 자책감에 몸서리쳤다.

아 버 지

"으으윽, 컥!"

검은 그림자가 보단의 머리맡으로 다가왔다. 망동이었다. 원래 보단보다 작고 마른 망동이 방 안 가득 점점 커지면서 돌 같은 무게로 보단을 짓눌렀다. 아무리 피하려 애를 써 봐도 몸이 움직이지 않았다. 얼마 동안이었을까? 보단은 숨이 막혀 버둥대다가 마침내 벌떡 일어나 앉으며 눈을 비볐다. 얼굴은 온통 식은땀 범벅이 되었지만 다행히 꿈이었다.

"푸!"

보단이 크게 한숨을 고르고 어두운 방 안을 돌아보았다. 옆자리에서 잠든 어머니의 야윈 모습이 흐릿하게 눈에 들어왔다. 그 머리맡에 방 안의 유일한 가구인 자그마한 반닫이를 불안하게 바라보며 혼잣말했다.

'어머니가 열어 보진 않으셨겠지?'

보단이 어머니를 등지고 자리에 다시 누우며 생각했다. 그동안 망동에게 받은 수고비를 반닫이 밑바닥에 깊이 숨겨 두었다. 딱히 돈을 둘 만한 곳이 없어서 그랬지만, 평소에 어머니가 열지 않는다는 사실을 알기 때문이기도 했다. 그러나 돈이 늘어 갈수록 보단은 불안해졌다. 망동은 거의 매일 보단을 찾아왔다. 처음에는 일과를 마치고 집에 가는 길에 잠깐씩 나타나 통변을 요구하더니, 이제는 수시로 사역원 근처를 어슬렁거리며 틈이 날 때마다 보단을 시장판으로 끌고 갔다.

처음엔 망동과 일하는 것이 두려웠지만 거래 횟수가 늘면서 보단도 배짱이 커졌다. 사실 돈 모으는 재미에 점점 빠져들고 있었다.

"이번엔 두 냥은 줘야 해. 싫으면 관두고!"

보단은 망동을 믿을 수 없어 거래 전에 아예 수고비를 요구했다. 처음엔 불같이 화내며 해코지라도 할 것 같던 망동도 할 수 없이 보단의 요구를 들어주었다. 청나라 상인들과 거래는 보단의 만주어 통변 실력에 의지할 수밖에 없기 때문이다.

보단이 밀거래 흐름을 조금씩 이해하게 되면서 망동에게 새로운 거래 품목을 제안해 높은 이윤을 남기기도 했다. 그만큼 위험도 커졌다. 요즘 관아에 밀거래하는 상인들 이야기가 들어갔는지 시장통을 감시하는 포졸이 부쩍 늘었기 때문이다. 그러나 신통하게도 망동은 포졸들의 감시를 잘 빠져나갔다.

보단은 단지 통변만 해 줄 뿐이라 큰 문제는 없으리라고 애써 자기를 위안했지만 불안은 깊어 갔다. 또한 숨겨 둔 돈이 불어나면서 궁리도 늘었다.

'시장통에서 가게 딸린 방이라도 한 칸 얻으려면 얼마나 벌어야 할까?'

'어머니와 장사라도 하면 좋겠다!'

밤새 뒤척이던 보단이 간질거리는 코를 무심코 긁다가 혼자 피식 웃었다.

'내 코가 어디로 가겠어!'

어릴 적부터 보단은 베개에 코를 박고 불편한 자세로 잠을 잤다.

"그렇게 엎어져서 자다가 숨이 막히면 어쩌려고."

어머니가 밤마다 성화했지만, 어린 보단은 이렇게라도 해서 큰 코를 납작하게 만들고 싶었다. 자기 모습이 다른 아이들과 다르다는 사실을 알게 되면서부터였다.

홍 역관 집 행랑채에서 살게 된 뒤로 보단은 언제나 참고 뒤로 물러서야 했다. 그러나 망동을 만나 돈을 벌게 되면서 보단도 조금씩 달라지고 있었다. 청나라 상인들의 난전 밀거래가 불법인 것은 알고 있었다. 그래서 아무리 통변만 한다고 해도 위험하다는 사실을 모르지는 않았다. 그러나 돈이 생길수록 어쩌면 머슴살이에서 벗어날 수 있으리라는 기대감이 생겨서 망동과 거래를 멈출 수가 없었다. 무슨 수를 쓰더라도 유성 꼴을 더 이상 보고 싶지 않았기 때문이다. 이제는 참고 살지 않아도 될지 모른다는 실낱같은 희망이 있었다.

'난 망동이와 달라, 왈패가 아니잖아. 통변만 해 주는 건데 뭘!'

이런저런 생각에 밤새 뒤치락거리던 보단이 다시 깜빡 잠이 들었는데 어느새 먼저 일어난 어머니가 몸을 흔들었다.

"어여 한술 뜨고 사랑채로 나가야지. 나리께서 기다리실라."

어머니는 보리밥에 김치보시기만 하나 달랑 놓인 작은 소반을 툇마루에 놓고는 행랑채 부엌으로 다시 돌아갔다.

주섬주섬 나갈 준비를 한 보단이 마루에 걸터앉았다. 밥을 한 수저 막 입으로 가져가려는데 저편에서 마님의 날카로운 목소리가 들려왔다.

"너는 아직도 한가롭게 밥상 앞에 앉아 있는 게냐? 나리께서 채비 마치신 지가 언제인데."

보단은 놀라서 수저를 놓고 벌떡 일어났다. 고개를 한껏 움츠리고 어쩔 줄 모르는데 마님을 따라온 여주댁 아주머니가 보단에게 묵직한 보따리를 하나 건넸다.

"도련님께 잘 전해 드려라. 공부하느라 행여 몸이 상했을까 걱정이구나."

마님은 유성이 먹고 싶다는 약과는 물론 갖은 먹거리가 가득 든 묵직한 보따리를 잘 전하라며 보단에게 생색내는 것도 잊지 않는다.

“도련님 덕에 네가 나리 모시게 된 줄 알아라. 아니면 너같이 천한 것이 언감생심 사역원에 발이라도 들여놓을 수 있었겠냐?”

마님이 계속해서 당치도 않은 유성 자랑을 하도 많이 늘어놓기에 ‘도련님이 어제도 시험에 낙제하는 바람에 제가 대신 맞았어요’ 하고 목구멍까지 올라오려는 말을 꿀꺽 삼켰다. 곁눈으로 부엌 입구 쪽을 보니 어머니가 차마 나오지도 못하면서 안타깝게 바라 보고 있었다.

한바탕 잔소리를 늘어놓은 마님이 안채로 돌아가고 보단도 사랑채로 걸음을 옮기는데, 어머니가 쪽문까지 따라왔다.

“보단아, 이거라도 틈날 때 먹어라.”

마님 성화 때문에 아침 거르는 것을 본 어머니가 주먹밥 하나를 마른행주에 둘둘 말아 건넸다.

“됐어요. 안 먹어도 돼요.”

보단은 어머니에게 속상한 마음을 들키고 싶지 않아 부러 퉁명스럽게 뿌리치려 했다.

“챙겨 둬, 허기지면 더 힘들다.”

억지로 주먹밥을 쥐여 준 어머니는 잰걸음으로 돌아서서 행랑채로 들어갔다.

보단이 사랑채에 들어섰을 때 홍 역관도 마침 방을 나서고 있었다.

“자! 가자꾸나.”

성큼성큼 대문으로 향하는 홍 역관 뒤를 보단이 따랐다.

“도련님한테 필요한 건 더 없는지 제대로 알아 와야 한다.”

나리를 배웅하던 마님은 행여 홍 역관이 들을세라 작은 목소리로 보단에게 당부했다.

“네, 마님. 걱정하지 마세요.”

보단은 마님을 향해 애써 웃음을 지으며 공손히 대답한 후 한참 앞선 나리의 뒤를 쫓았다. 홍 역관은 키는 작아도 몸이 다부지고 날래서 발걸음이 빨랐다. 어제 잠을 설친 데다 마님이 건넨 보따리가 무거워 보단은 자꾸 뒤처졌다. 중촌을 가로지르는 개천에 이르러 광통교를 막 건너려던 홍 역관이 뒤를 돌아봤다.

“오늘은 걸음이 느리구나! 웬 짐이 그리 크더냐?”

아침부터 마님에게 싫은 소리를 잔뜩 들은 보단은 지레 겁을 먹고 얼른 홍 역관 쪽으로 바짝 다가갔다.

“송구합니다, 나리!”

다행히 홍 역관의 눈빛이 부드럽고 오늘따라 지체하는 보단을 질책하는 기미는 없었다.

“아니다, 무겁겠구나. 마님이 유성에게 보내는 것들이냐?”

“예!”

“그렇구나!”

다시 몸을 돌린 홍 역관이 혼잣말하며 걸음을 재촉했다.

“쯧쯧, 그리 싸고도니 아이가 여태 철이 없지.”

간신히 들어간 사역원에서 유성은 하라는 공부는 뒷전이고, 이것저것 집에다 요구하는 것만 늘어서 홍 역관의 근심이 깊어지고 있었다. 윗대는 나라에 큰 공을 세운 유명한 역관 가문인데, 자기 아들 대에서 그 명성을 잇지 못하는 건 아닐지 걱정했기 때문이다.

얼마쯤 걸어가던 홍 역관이 뒤따르는 보단에게 물었다.

"요즘도 유성이가 운종가 왈패들과 어울리더냐?"

"…."

홍 역관은 차마 사실대로 말할 수 없는 보단의 침묵을 이해한 듯 더 이상 묻지 않았다. 잠시 뒤 홍 역관은 낮고 침통한 어조로 보단에게 부탁했다.

"네가 잘 살펴라. 행여 다시 노름판에 나가는 것 같으면 꼭 내게 알려야 한다."

"네, 나리."

보단은 이참에 유성의 요즘 행태를 고자질하고 싶었다. 그리고 자신이 얼마나 억울한지도. 그러나 홍 역관의 어두운 얼굴빛을 보니 그만 입을 다물 수밖에 없었다.

'우리 아버지도 내 걱정을 하실까?'

보단은 말없이 걸음을 재촉하는 홍 역관의 뒷모습을 따라가며 문득 아버지를 생각했다. 이제는 아버지가 돌아오시리란 기대를 접었다. 애틋한 그리움보다는 어머니와 자신을 버렸다는 원망이 커졌다. 그러나 마님과 달리 자신에게 자애로운 홍 역관과 함께 있을 때면 아버지를 향한 궁금증이 솟구치는 마음은 어쩔 수 없었다.

희미한 기억 속 아버지는 홍 역관보다 키가 한 척은 더 컸던 듯하다. 언젠가 어린 보단을 훽 들어 올려 목말을 태워 주었다. 아버지 어깨 위에서 신이 난 보단은 두 손을 뻗으며 하늘의 구름을 잡아 보겠다고 용을 썼더랬다. 그때 아버지의 호탕한 웃음소리가 어렴풋이 들리는 듯한데 이상하게 그 얼굴은 잘 기억나지 않았다.

'어디에 계시는 걸까?'

홍 역관을 따라 육조 거리로 접어들면서 보단은 애써 아버지 생각을 지웠다. 자신도 모르게 배에 힘을 주며 큰 숨을 내쉬었다.

유 성

웬일로 별 탈 없이 넘어가는가 싶었다. 사역원의 하루 일정이 마무리되고 유성이 기숙사 방으로 들어가는 것을 확인한 보단은 안도의 숨을 쉬었다. 오늘은 드물게도 특별한 일이 없이 하루가 무사히 지나가고 있었다. 유성은 수업에 열중하는 듯했고 보단에게 시비도 걸지 않았다. 게다가 오늘은 망동에게도 연락이 없었다.

'이런 날도 있어야지!'

보단이 모처럼 편안한 마음으로 집에 돌아갈 채비를 마치고, 막 대청 옆을 지나려는데 연못 근처에서 낯익은 두 그림자가 스쳐 지나갔다. 순간 불안해진 보단은 혹시나 하는 마음에 뒤를 따라갔다. 아니나 다를까 유성과 또 다른 생도였다.

'아니, 이 시간에 또 어딜 가려는 거야?'

보단의 가슴이 철렁 내려앉았다. 두 사람은 사람들의 눈을 피하기라도 하려는 듯 연못 뒤 사역원 담 쪽으로 돌아서 빠르게 대문으로 향했다. 드디어 사람들이 붐비는 육조 거리로 들어서자 그제야 한숨을 돌린 듯 서로 돌아보며 히죽거렸다.

"너희 머슴 놈 확실히 본가로 돌아간 거 맞지?"

"그렇다니까, 내가 오늘 그놈 따돌리느라고 얼마나 애썼는지 알아?"

"잘했군! 그럼 오늘 밤은 신나게 놀아 보세. 점호하는 날도 아니니 좀 늦어도 찾는 사람이 없을 거야."

누가 뒤따르는지도 눈치 못 채고 신나게 떠드는 두 사람의 말을 들은 보단은 부아가 치밀어 올랐다.

'그럼 그렇지. 어째 오늘 하루 조용하다 싶었는데, 다 나를 안심하게 만들어 빨리 집에 보내려는 속셈이었던 거야?'

보단은 두 사람에게 괘씸한 생각이 들어 모른 척하고 집으로 가버리고 싶었다. 어차피 유성이 기숙사 방으로 들어가면서 집에 가라고 했으니 혹시 나중에 문제가 되더라도 책임질 일은 없을 터다. 게다가 이참에 윗분들에게 걸려서 유성이 크게 혼이나 좀 나면 좋겠다는 생각까지 들었다.

'에라, 나도 모르겠다.'

집을 향해 중촌 방향으로 몸을 돌리던 보단의 머릿속에 문득 간곡하게 유성을 부탁하던 홍 역관의 얼굴이 떠올랐다. 보단은 잠시 망설이다가 멀찌감치 뒤떨어져 두 사람을 따라가기 시작했다.

아무것도 모르고 신이 난 두 사람은 피맛골로 접어들었다. 빠른 걸음으로 어두컴컴한 골목길을 여러 곳 지나더니 어느 주막으로 들어가려고 했다. 안에서 왁자지껄하게 떠드는 소리가 골목까지 들렸다. 유성과 친구는 주막 뒷방에서 벌어지는 투전판에 끼려고 온 것이다. 이제 더는 지체할 수가 없었던 보단이 소리쳐서 유성을 불렀다.

"도련님!"

자신을 부르는 소리에 화들짝 놀란 유성이 급히 보단을 돌아봤다.

"도련님, 나리께서 아시면 어쩌시려고 또 여길 오신 거예요?"

"이놈이 여기가 어디라고!"

유성은 당황한 기색이 역력해서 얼굴이 시뻘게지도록 보단에게 소리쳤다.

"도련님! 빨리 돌아가세요. 나리께서 아시면 큰일 나요."

보단이 다시 한번 간곡하게 말했지만, 유성은 들은 체도 안 하고 친구와 함께 주막 안으로 들어서려 했다.

"도련님, 그러면 나리께 말씀드릴 수밖에 없어요."

다급해진 보단이 아버지에게 이르겠다고 말하자 유성이 잠시 멈칫했다. 그러자 이번에는 함께 왔던 친구가 나섰다. 모처럼 즐기려던 계획이 틀어지게 되자 화가 난 그가 보단을 한 대 치기라도 할 듯 다가왔다.

"아니, 이 자식이! 감히 누구를 훈계하려는 거야!"

그때였다.

“어허, 부잣집 도련님들이 여기서 웬 소란들이신가?”

유성과 친구 주변으로 이 지역 왈패들이 몰려들기 시작했다. 게다가 그 무리에 망동까지 있는 게 아닌가? 보단은 흠칫 놀랐지만 망동은 웬일인지 아는 척하지 않고 뒤쪽에서 야릇한 미소만 짓고 서 있었다.

잠시 뒤 왈패 무리 중 앞장에 섰던 한 명이 능글맞은 목소리로 말했다.

“보아하니 노름 좀 하려는 것 같은데 판돈은 넉넉히 가져오셨나?”

“너희는 뭐냐?”

겁을 먹은 유성은 짐짓 큰소리를 치면서도 몸은 자라목처럼 오그라들었다.

“도련님! 거, 판돈 좀 나눠 씁시다!”

이번에는 다른 사내 한 명이 건들거리며 유성에게 다가오더니 소매 춤을 뒤지려 했다. 유성은 기겁해서 급한 김에 보단의 뒤로 몸을 숨겼다. 사내가 그런 유성을 비웃기라도 하듯 실실 웃으며 다른 쪽 소매를 잡으려 하자 보단이 급히 그의 손을 쳐냈다. 사내는 자신보다 덩치가 훨씬 큰 보단을 노려보더니 잠시 뒤 어색하게 뒷걸음질하며 유성을 향해 비아냥거렸다.

“거참, 비겁한 도련님이시네. 보아하니 종놈 같은데, 그 뒤로 숨어 버리면 체면이 서겠소?"

"종놈 하나 잘 두었구먼!"

왈패들이 웅성거리며 세 사람에게 점점 다가오자 유성과 친구는 보단의 등 뒤에서 와들와들 떨었다. 그 모습에 왈패들은 더 의기양양해졌다. 엉겁결에 보단은 유성과 친구의 방패막이가 되고 말았다.

"보단아, 어떻게 좀 해 봐!"

겁에 질린 유성이 보단의 등을 떠밀었다.

'어휴! 그냥 집으로 가야 했어.'

때늦은 후회를 하면서도 보단은 일단 이 상황을 모면해야 했다. 최대한 태연하고 공손한 말투로 왈패들에게 사정했다.

"이러지들 마세요, 우린 그저 지나가려던 참이었어요."

"허허, 요상하게 생긴 놈이 조선말을 제법 하는군!"

"아, 그러니까 판돈 좀 나눠 주고 지나가라니까!"

"허허허, 어서!"

보단 일행과 왈패들의 긴장된 대치가 얼마쯤 지났을까? 갑자기 이상한 상황이 벌어졌다. 어디선가 난데없는 뻐꾸기 소리가 들려왔다. 그러자 왈패들이 뒤에서부터 한 명, 두 명씩 골목길로 슬슬 사라져 버렸다. 급기야 보단 바로 앞에 서 있던 일당까지 불안한 듯 서로 몇 마디 하더니 자리를 피해 버리고 말았다.

당황한 쪽은 보단 일행이었다.

"뭐야?"

"다들 어디 가는 거야?"

유성과 친구가 다 기어들어 가는 목소리로 보단에게 물었다. 보단이라고 이유를 알 리 없어서 어둠 속을 두리번거리기만 했다. 그때 저쪽 골목길에서 범상치 않은 무관 복장의 일행이 성큼성큼 다가오는 게 보였다. 누군가 이들을 보고 왈패들에게 신호를 보낸 모양이다.

"거기 웬 소란이냐? "

묵직한 목소리가 어둠을 가르며 들려오자 지레 겁먹은 유성이 또다시 보단을 앞으로 밀었다.

"도련님들을 모시고 지나가는 중입니다. 왈패들이 시비를 걸어서 곤욕을 치렀습니다."

"그렇군. 여기는 노름꾼과 왈패가 많으니 조심해야 하네."

보단이 허리를 굽혀 감사 인사를 하자 유성과 친구도 급하게 머리를 조아렸다. 보단은 천천히 고개를 들다가 일행 중에서 남다른 용모를 한 사람이 자신을 유심히 바라보는 것 같아 깜짝 놀랐다.

주변이 컴컴해서 어슴푸레하게 보이는 그 사람은 큰 키에 흰 얼굴 그리고 붉은 긴 수염을 늘어뜨린 의외의 모습이었다. 분명 보통 조선의 양반은 아닌 듯했다.

'도성 안에 저런 분이 계셨다고?'

홍 역관 집에서 청나라나 왜나라에서 온 상인들은 종종 봤지만 남만인은 처음이었다. 보단의 가슴이 심하게 두근거렸다. 그 사람에게 눈을 떼지 못하는 동안 유성과 친구는 제대로 고개도 못 들고 벌벌 떨었다.

"여긴 위험하니 어서 집으로 돌아가시게."

붉은 수염 일행이 운종가로 이어진 골목을 향해 발을 옮기며 말했다. 세 사람은 잠시 넋을 잃고 사라져 가는 그들의 뒷모습을 바라보았다. 그래도 보단이 제일 먼저 정신을 차렸다.

"도련님, 어서 사역원으로 돌아가세요!"

보단이 두 사람을 재촉하자, 유성과 친구는 별다른 토를 달지 않고 묵묵히 뒤따라왔다. 그러나 막 피맛골을 벗어났을 때였다. 이제 제법 안전하다고 여겼는지 유성이 보단에게 시비를 걸기 시작했다.

"이놈아! 너는 왜 따라와서 이 사달을 만드냐?"

"네?"

"네놈이 우리를 불러 세우지만 않았어도 왈패들이 어찌 알았겠냐?"

마음 같아서는 억지를 부려 대는 유성에게 욕이라도 퍼붓고 싶었다. 그러나 보단은 손에 힘을 꽉 주며 입을 다물었다. 이때 친구가 유성을 툭 치면서 속삭였다.

"그만 해, 저놈이 윗분들에게 이르기라도 하면 우리는 끝장이야!"

그러자 유성은 여전히 기분 나쁜 표정으로 보단을 흘겨보면서도 더 이상 뭐라고 하지는 않았다.

보단은 어이가 없었지만 일단 두 사람을 안전하게 돌려보내는 일이 급선무여서 발길을 재촉할 수밖에 없었다.

"도련님, 이제 정말 들어가셔서 주무세요!"

보단이 사역원으로 들어가는 두 사람을 확인하고 발길을 돌리려는데 유성이 불러 세웠다.

"너, 아버지한테 오늘 일 고해바치진 않겠지?"

"…."

"왜 대답을 안 해? 고자질하기만 해 봐! 각오해야 할 거야."

보단이 대답하지 않자 초조해진 유성은 이번에는 비굴하게 어르기 시작했다.

"이번만 넘어가 주면 나도 널 봐줄게. 응?"

'쳇! 도대체 뭘 봐준다는 거야? 내가 그 말에 또 속을 것 같은가?'

보단은 혼자 중얼거리며 집을 향해 급하게 걸었다. 이참에 홍역관에게 유성의 비행을 사실대로 다 고할 참이다. 유성이 야단맞는 상상을 하는 순간 보단의 입꼬리가 살짝 치켜 올라갔다. 그러나 한편 생각하니 일단 유성이 노름판에 낀 건 아니었다. 마님이 알게 되면 오히려 왈패들에게 봉변당하기 전에 피맛골로 가는 것을 막지 못했다고 되려 자신이 꾸중을 들을 수도 있다. 게다가 보단이 망설이는 이유는 하나가 더 있었다. 그 패거리 중에서 망동을 보았기 때문이다. 물론 서로 아는 척하지는 않았지만, 그 무리를 추적이라도 한다면 자신이 요즘 하는 일까지 홍 역관에게 밝혀질까 봐 두려웠다.

"에휴, 그럼 그렇지. 하루도 편한 날이 없네."

보단은 한숨을 내리쉬며 걸음을 서둘렀다. 방금 있었던 일들이 마치 꿈인 양 아득했다. 낯선 붉은 수염을 한 사람이 자꾸 생각났다.

'누굴까? 분명히 조선 사람은 아니야, 남만인 같은데.'

어느덧 집에 도착한 보단은 바로 행랑채로 향했다. 모처럼 집 안에 가득한 기름진 음식 냄새에 갑자기 허기가 돌면서 배가 꼬르륵거렸다.

'웬일이지? 손님이 오셨나?'

부엌에서는 어머니와 다른 행랑어멈들이 분주히 상을 차리고 있었다.

"마침 잘 돌아왔구나! 어서 이것 들고 여주댁을 따라가라."

평소 같았으면 반가이 맞아 주셨을 어머니가 무엇이 그리 바쁜지 제대로 눈도 맞춰 주지 않은 채 큰 상 하나를 넘겨주었다.

"빨리 다녀와서 여기 일을 도와주렴."

보단은 얼떨결에 상을 받아 들고 어머니의 당부를 뒤로하며 사랑채로 향했다. 배가 고파서인지, 조금 전 유성 때문에 곤욕을 치른 위로를 받고 싶었는지 괜히 어머니에게 서운한 마음이 들었다.

잠시 뒤 여주댁을 따라 홍 역관의 방에 들어서던 보단은 너무 놀라서 들고 있던 상을 놓칠 뻔했다. 피맛골에서 마주쳤던 붉은 수염의 이방인과 일행이 앉아 있었기 때문이다. 홍 역관이 그들과 함께 화기애애하게 담소를 나누고 있었다.

"박연 대장 어른, 홍이포를 새로 개량하신다고요?"

"거의 다 완성이 되었다네. 내일쯤 병조에 들러 최종적으로 의견을 조율해 보려던 참이오."

"그 연세에 아직도 현역에서 훈련도감을 지휘하시니 참 대단하십니다."

"박연 어른 덕에 조선의 화포가 하루가 다르게 발전하는 거 아닙니까!"

"다시는 오랑캐들에게 수모를 겪지 말아야지요."

여주댁이 방에 상을 차리는 동안 보단의 가슴은 조마조마했다.

'나를 알아보면 어쩌지? 내가 먼저 나리께 말씀드려야 할 텐데.'

행여라도 이 사람들이 홍 역관에게 피맛골에서 만났던 일을 말하면 그야말로 낭패였다. 보단은 떨리는 마음을 억누르며 여주댁을 도왔다. 그리고 고개를 숙인 채 뒤로 물러 나오려다가 붉은 수염과 눈이 마주쳤다.

'그나저나 저 어른이 박연 대장이라고?'

피맛골에서는 어두워서 제대로 분간을 못 했는데 그 사람은 지체 높은 무관 복장을 하고 있었다. 홍 역관보다 훨씬 나이가 많아 보였지만 풍채가 건장하고 기품이 있었다. 게다가 능숙한 조선말로 일행과 대화하는 모습에, 보단도 그만 멍하니 그 사람을 바라보았다. 박연도 보단을 기억하는 듯 미소 지었지만 별다른 말을 하지는 않았다. 보단이 당황해서 허리를 더 숙이며 인사하고 마루 쪽으로 나오는데, 홍 역관의 말소리가 들렸다.

"제 집에서 데리고 있는 아이입니다."

박연이 보단을 궁금해한다고 생각했는지 홍 역관이 얼른 말을 덧붙였다.

"아비가 나선인이지요."

"나선이요? 어떻게 그런 인연이?"

박연과 일행은 보단의 아버지가 나선인이라는 말에 놀라워했다.

"제가 연경에 자주 다닐 때 만난 상인입니다. 조선에 특별히 관심이 많은 사람이었습니다."

"그렇구먼."

방 안에 있던 사람들은 그제야 이해된다는 듯 고개를 끄덕이며 다시 보단을 바라보았다.

"제가 큰 신세를 지기도 했습니다. 그 후에 거래차 제 집에 자주 오가다 보니 제 먼 친척뻘 되는 이 아이 어미와 혼인하게 되었지요. 처자를 데려갈 경비를 마련하려고 나선에 다시 갔는데 아직 돌아오지 못하고 있습니다."

"저런!"

"제가 수소문해 보고 있으니 곧 소식이 있을 것 같습니다."

보단은 홍 역관이 아버지에 관해 말하는 것을 처음 들었다.

'나리가 아버지를 찾고 계셨다고?'

궁금증이 솟구쳤지만 더 이상 머물 수는 없었다. 보단은 떨어지지 않는 발길로 어머니가 일하고 있는 행랑채 부엌으로 향했다.

"보단아, 너도 요기를 좀 해야지."

분주했던 부엌일이 끝나 갈 무렵 여주댁 아주머니가 몇 가지 찬을 얹은 소반을 보단에게 내어주며 말했다.

"뒷정리는 우리가 할 테니 어여 방으로 들어가서 먹어라. 괜히 마님이 보시기 전에."

평소 먹을 수 없던 기름진 찬들이지만 보단은 입안이 까끌까끌했다. 우연히 두 번이나 마주친 박연 대장 때문에 그동안 마음속에 꾹 눌러 둔 아버지에 관한 기억이 되살아났기 때문이다.

일곱 살 무렵 보단은 아버지, 어머니 손을 잡고 홍 역관 집으로 왔다. 그러고 얼마 뒤 아버지는 평소와는 다른 차림으로 큰 짐까지 챙겨서 길을 떠나셨다. 그 후로 오랫동안 보단은 곧 돌아오신다던 아버지를 기다리며 광통교 앞을 서성이곤 했었다. 그때쯤부터 유성과 동네 아이들이 보단에게 시비를 걸며 놀려 대기 시작했다.

옛 기억을 되살리며 기계적으로 입에 밀어 넣던 음식들이 얹힌

듯 답답해질 때 어머니가 숭늉을 가지고 들어왔다. 보단은 얼른 한 모금을 마시고 피곤한 어머니를 위해 자리를 깔았다.

이튿날 일찌감치 홍 역관과 함께 육조 거리를 걸어가는 보단은 마음이 영 불편했다. 아버지 소식이 더 궁금하긴 했지만 먼저 피맛골에서 있었던 일을 말씀드려야 했다. 그러나 어젯밤 손님들 이 와 계시는 바람에 말할 기회가 없었다. 아침에라도 고하고 싶었지만 마님이 대문까지 따라 나오는 바람에 그만두었다. 보단은 어떻게 입을 떼야 할지 눈치를 보며 홍 역관 뒤를 바짝 따라 걸었다.

얼마 뒤 관청 사잇길로 접어들던 홍 역관이 갑자기 물었다. 화가 난 것 같지는 않았지만 목소리가 무거웠다.

"보단아! 어제 왜 피맛골에 갔느냐?"

"저, 나리! 그게… 그냥 도련님과 마실을 다녀올 요량으로."

아무래도 어젯밤 손님들이 피맛골에서 보단을 만난 이야기를 한 모양이다. 그러나 보단은 마음과 달리 사실대로 유성을 고자질할 수가 없었다. 홍 역관도 더는 자세히 캐묻지 않았지만 얼굴에 그늘이 져 있었다. 가벼운 한숨을 내쉬더니 걸음을 재촉했다.

'나리께서 왜 아무 말씀도 안 하시는 거지?'

보단은 말이 없는 홍 역관 때문에 더 불안하고 미안해졌다. 차라리 화를 내시면 좋겠다고 생각하며 뒤를 따랐다.

두 사람이 막 사역원을 들어서는데 중문 근처에서 초조하게 서성이는 유성이 보였다. 홍 역관은 아들을 보고도 아는 척하지 않고 대청으로 향했다. 아버지가 시야에서 사라지자마자 유성이 보단에게 바짝 다가와 캐물었다.

"너 입 다물고 있는 거 맞지?"

보단이 유성을 물끄러미 보다가 퉁명스럽게 대답했다.

"아직 말 안 했습니다."

"아직이라니, 그럼 이제 할 거란 말이냐?"

성큼성큼 자신보다 앞서서 청학청으로 걸어가는 보단을 따라오며 유성이 악을 썼다. 저렇게 애달아 하는 유성을 두고 보는 것도 괜찮을 듯했다.

'어디 한번 마음 졸여 보라지.'

보단이 짐짓 어른스러운 목소리로 한마디 했다.

"어여 수업에나 들어가세요."

왈패

서쪽 하늘 위로 해가 기울고 있는데 시장은 아직 활기로 가득했다. 장터 입구에서는 화려한 옷차림을 한 광대들이 재주를 넘으며 구성진 소리로 손님을 모으고 있었다.

"시장 다 돌아다녀 봐요. 이렇게 좋은 북어를 찾을 수 있겠나!"

"알아, 그래도 한 푼만 깎아 달라니까!"

"옜다! 인심이다. 그럼 이제부터 우리 단골 하는 거요."

넓고 복잡한 시장 초입에 있는 건어물 가게에서 흥겨운 소란이 벌어졌다. 시장 이곳저곳에서 하나라도 더 팔아 보려는 상인과 물건값을 조금이라도 깎으려는 손님이 목청 높여 흥정을 벌였다.

시장 안쪽 큰 골목으로 들어서면 시전 행랑 못지않게 고급스러운 비단과 명주를 진열해 놓은 포목전이며, 책전, 서화전까지 늘어 서 있었다. 이어지는 제법 넓은 공터에는 소박한 채소나 과일

바구니를 땅바닥에 그대로 내려놓은 아낙들이 하염없이 손님을 기다렸다. 그 옆에서는 보단 또래 남자아이가 엉성하게 만든 돗자리와 짚신을 팔아 보겠다고 목청을 높이고 있었다. 조금 더 길을 걸어가니 나뭇짐을 산같이 쌓아 놓은 나무장사꾼들 옆에서 지게에 각종 곡식을 실은 행상들이 손님은 아랑곳하지 않고 자기들끼리 시세 비교가 한창이었다. 어디선가 민물 생선의 비릿한 냄새가 풍겨 왔다.

보단은 시장판의 이 북적거림이 싫지 않았다. 오히려 요즘 들어서는 시장에 올 때마다 왠지 모를 자유를 즐기고 있었다. 그동안 심부름만 하러 드나들 때는 용건만 마치고 부리나케 돌아가기에 바빴다. 그러나 요즘은 비록 망동과 함께 여리꾼 노릇을 하는 것이긴 해도 돈을 좀 벌기 시작하면서 시장 구석구석이 어떻게 돌아가는지 조금씩 이해가 되었다.

'물건만 늘어놓는다고 장사가 되는 건 아니구나!'

가게마다 잘 팔리는 물건이나 자주 바뀌는 물건이 새삼 눈에 들어왔다. 똑같은 상품이어도 가게에 따라 손님이 몰려드는 데 차이가 있다는 사실도 알게 되었다. 계절이 바뀌면서 물건 품목이 변하는 것도 보단에게는 재미있는 발견이었다. 특히 남령초를 피우는 사람이 늘면서 곰방대며 부싯돌의 수요도 늘어나겠다 싶어서 보단은 유심히 살피는 중이었다. 그 정도라면 자신도 판매 방법을 찾을 수 있을 것 같아서였다.

보단이 이런저런 생각을 하며 어디론가 부지런히 걸음을 옮기다가 골목길 어귀의 노리개 좌판 앞에 잠시 멈췄다. 색색의 다양한 노리개를 만져 보며 눈요기하는 아녀자들 사이를 비집고 들어가자니 좀 멋쩍긴 했다. 그러나 화려한 비녀와 노리개들 사이에서 소박하지만 단아해 보이는 참빗 하나를 집어 들었다. 하도 오래되어 이젠 빗살이 듬성듬성해진 어머니의 참빗이 생각나서 새것을 하나 사 드리고 싶었기 때문이다.

"아재! 이건 얼마 받으실래요?"

어렸을 때 어머니는 매일 아침 보단의 밝은 갈색 머리를 단정하게 빗어서 땋아 주곤 했다. 그때는 아프고 성가셨지만, 혼자 머리를 간수하게 되면서 가끔은 어린 시절이 그리웠다. 별것은 아니지만 어머니한테 필요한 뭔가를 살 수 있는 자신이 새삼 대견스러웠다.

'역시 돈을 벌기 잘했어!'

보단은 얼른 상인에게 빗을 받아서 소맷단에 넣었다. 그리고 두리번거리며 망동을 찾았다.

하지만 아무리 둘러보아도 망동은 보이지 않았다. 혹시 오늘 거래하기로 한 약속을 잊은 건 아닌지 걱정이 됐다.

'여기쯤에서 보자고 했는데?'

어느덧 장터가 파장하려는 듯 슬슬 자리를 걷는 행상이 늘어났다. 짐을 산더미같이 실은 우마차 여러 대가 복잡한 시장통을 빠져나가자 조금 더 한산해졌다. 그러나 망동은 아직 눈에 띄지 않았다. 보단이 고개를 빼고 이곳저곳을 두리번거리며 찾아봤다. 그때 난데없이 저쪽 골목 너머에서 왁자지껄한 소음 속에 만주어가 섞여 들려오는 것이 아닌가.

"길을 좀 가르쳐 달라니까!"

뭔가 심상치 않은 느낌에 소리 나는 쪽으로 가 보니 칠패시장 왈패들이 보단 나이 또래로 보이는 청나라 아이 한 명을 둘러싸고 놀려 대고 있었다.

"여기가 어디라고 되놈이 나돌아 다니는 거냐?"

"나는 청나라 사람이요. 우리 말 좀 할 수 있는 사람 없어요?"

그 청나라 아이는 상인은 아닌 듯했다. 깨끗하고 고급스러운 차림새에 이목구비가 반듯하고 눈매가 야무졌다. 무엇보다 왈패들이 둘러싸고 있는데도 겁먹은 표정이 아니었다. 오히려 두 손을 허리에 얹고 고개를 바짝 들며 당당하게 무엇인가 계속 물어보고 있었다.

"태평관으로 가는 길만 가르쳐 주면 된다니까!"

"하하하, 이 되놈이 뭐라고 떠드는 거야?"

"되놈들한테 우리 선대 임금님이 모욕당하셨다지?"

"우리가 나라님 원수를 갚아 줄까?"

"이놈 경을 좀 쳐 주자고!"

왈패들이 되지도 않은 애국심을 들먹이며 자기들끼리 흥분해서 떠들자 아이는 답답한 듯 다시 목청을 높였다.

"태평관에 데려다주면 내가 충분히 사례하겠다!"

"흐흐흐! 뭐라는 거야? 에라, 흉내도 못 내겠네!"

왈패 중 한 명이 청나라 아이가 하는 말을 의미도 모르면서 따라 하며 놀려 댔다. 다른 왈패들이 폭소를 터뜨리자, 아이는 자신을 놀리는 말인지도 모르는지 함께 웃었다.

그러나 잠시 뒤 아이의 차림새를 위아래로 훑어보던 왈패 하나가 아이를 툭 치며 몸을 뒤지려 하자 재빠르게 몸을 빼며 소리쳤다. 분위기가 심상치 않다는 것을 느낀 아이의 얼굴이 굳어졌다.

"왜 그러느냐! 어서 길이나 알려 줘!"

'태평관이면 사신들이 머무는 곳인데. 그럼 저 아이는 사행단 일행인가 보지?'

보단은 아이와 왈패들의 실랑이를 잠시 지켜보다가 왈패 중에서 망동을 발견하고, 그에게 다가갔다.

"여기서 뭐 해?"

"야, 마침 너 잘 왔다. 저놈이 도대체 뭔 소리 하는 거냐?"

"길을 잃었나 보네. 태평관으로 가는 길을 묻고 있어."

"그럼 저놈도 사행단이란 말이야?"

보단이 고개를 끄덕이자, 망동의 찢어진 눈이 반짝였다.

"거 잘됐다. 우리 저놈을 미끼 삼아 한밑천 당겨 볼까? 청나라 사신이면 돈도 많을 테니."

'꼭 저 같은 소리를 하고 있네.'

보단은 한결같이 못된 생각만 하는 망동이 기가 막혔다.

"그러다가 관아에서 잡으러 나오면 어쩔래? 사신 일행을 어떻게 건드려!"

"그도 그렇군! 그래도 영 구미가 당기는걸."

두 사람이 옥신각신하는 동안 왈패들은 아이를 동네 강아지 놀려 대듯 툭툭 치기 시작했다.

"야! 이 쥐 꼬리는 뭐야? 왜 머리에 달렸어?"

"이놈들아, 뭔 짓이냐! 무엄하다!"

왈패 중 한 명이 아이의 변발을 잡아당기려 하자, 아이는 사태의 심각성을 느꼈는지 거의 악을 써 가며 대항했다. 혼자서 많은 왈패에 둘러싸인 아이를 본 보단의 얼굴이 화끈거렸다. 어린 시절 자신을 집요하게 놀려 대던 유성과 동네 아이들 생각도 났다. 이 상황을 모면하려면 아무래도 망동이 개입해 주어야 할 듯했다.

"왜 저 아이한테 그러는 거야? 그만두게 해."

"야! 냅둬. 우리가 되놈들한테 당한 게 얼마인데, 이참에 원수 갚는 셈 치는 거야."

아이는 점점 궁지에 몰리고 있었다.

"그러지 마! 나를 보내 줘!"

보단은 그냥 있으면 안 될 것 같았다. 아이도 위험하지만 이러다가 포졸들한테 걸리기라도 하면 일이 커질 것이다.

"삐꾹삐꾹!"

"뭐야? 어디야?"

문득 일전에 피맛골에서 있었던 일이 생각난 보단이 슬쩍 무리 뒤로 물러서서 뻐꾸기 소리를 냈다. 그러자 왈패들은 동작을 멈추고 당황한 듯 주변을 살펴보기 시작했다. 이 시장은 어영청 칠 패에서 순라를 자주 도는 곳이라 자기 패거리 중 누군가 경계 신호를 주는 줄 알고 조심하는 듯했다.

잠시 왈패들의 주의가 흐트러진 틈을 타서 이때다 싶은 보단이 아이의 손을 잡고 냅다 뛰기 시작했다. 오던 길에 보았던 나무 장작들이 쌓인 골목으로 뛰어들었다.

처음엔 흠칫 놀랐던 아이도 보단의 손을 꼭 쥐고 잘도 따라 뛰었다.

얼마쯤 두 사람을 쫓아오던 왈패들은 이제 흥이 빠졌는지 따라오기를 멈춘 듯했다. 어느새 사방이 어두워지고 있었다.

한동안 장작더미 뒤에 숨어 있던 보단은 그제야 꼭 쥐고 있던 아이의 손을 놓았다. 그리고 긴장이 좀 풀린 두 사람은 어색하게 씩 웃었다.

"태평관으로 가면 돼?"

아이는 갑자기 자기 나라 말을 하는 보단이 놀라운 듯 바라보며 고개를 끄덕였다.

"여기서 멀지는 않아. 길이 좀 복잡해서 그렇지."

"그러게. 다 거기가 거기 같아서 헷갈려서 혼났어."

"너는 어느 나라에서 왔냐?"

"나? 나는 당연히 조선에 살지."

보단은 아이가 왜 그렇게 묻는지 알 수 있었다. 자기 생김새를 보고 이방인인가 싶었을 터다. 선뜻 자신이 조선인이라고 말할 수도 없고, 그렇다고 마땅히 어디 다른 나라에서 온 것도 아니라서, 뭐라 할 말이 없어진 보단이 부러 퉁명스럽게 대답하고는 되물었다.

"그런데 너는 왜 시장에 온 거야?"

"한양 구경을 하려 했지. 조선은 작은 나라라던데 왜 이리 복잡하냐? 아무래도 길을 잃은 것 같아서 그놈들한테 말을 걸었다가 큰일날 뻔했지, 뭐야. 아무튼 고맙다."

보단의 짐작이 맞았다. 청나라 사행단을 따라온 이 아이가 구경이라도 하려고 나왔다가 헤맨 것이다.

"그런데 너 어떻게 우리 나라말을 하는 거야? 생긴 걸로 봐선 넌 만주족이 아닌데?"

"내가 사역원에서 일해서 어깨너머로 좀 배웠을 뿐이야."

"사역원이면 역관들이 일하는 곳 아냐?"

두 사람은 칠패를 벗어나 태평관으로 향했다.

어느덧 태평관 대문에 이르자 그 아이가 불쑥 말했다.

"같이 들어가자. 내가 백부님께 말씀드려서 보상금을 주라고 할게."

"괜찮아, 돈 받으려고 한 거 아냐."

보단이 그냥 가려고 하자 아이가 약간 의아한 표정으로 다시 말했다.

"그래도 은전 몇 푼이라도 받아 가면 좋잖아."

"괜찮다니까! 돈이면 다냐?"

보단은 쌀쌀맞게 대답하며 몸을 돌렸다. 요즘 망동과 어울려 돈을 버는 데 혈안이 되었던 모습을 들킨 것 같아 괜히 뜨끔했다.

"나는 고마워서 뭐라도 주고 싶었어. 기분이 나빴다면 미안하다."

아이가 바로 사과하자 보단은 더 어색하고 미안했다. 빨리 돌아가고 싶은데 아이가 계속 말을 걸었다.

"너 사역원에서 일한다고 했지?"

보단이 고개를 끄덕이자 아이가 활짝 웃으며 말했다.

"또 만나자!"

아이가 태평관으로 들어간 후에도 보단은 잠시 문 앞에 서 있었다.

'또 만나자고? 뭐, 다시 볼 일이 있을까?'

보단은 얼마 동안 아이가 사라진 문을 보며 서 있었다. 어머니 외에는 누군가 자신에게 저렇게 환히 웃어 준 적이 없었다. 잠시 마음이 따뜻해졌던 보단은 이내 현실로 돌아왔다.

'이런, 망동이가 또 난리를 치겠군!'

푸이

"아거이 어투쿠 아바이 더리 우다항어(당신의 옷은 어디에서 산 것입니까)?"

"푸서리 더리 우다항어(가게에서 산 것입니다)."

"후다 우두(얼마입니까)?"

"어무 탕우 오린 무허롄(120위안입니다)."

보단은 청학청 마당 댓돌에 앉아 만주어 강독 소리를 주의 깊게 듣고 있었다. 사역원에서 유성의 치다꺼리를 하게 되면서 수업 시간에는 딱히 할 일이 없었다. 그래서 처음에는 무료함을 달래기 위해 교실에서 흘러나오는 소리를 어깨너머로 흘려듣곤 했다. 그렇게 익힌 만주어를 얼마나 이해하고 있는지는 보단 자신도 미처 알지 못했다. 그런데 우연히 청나라 상인들과 마주치고 망 동이의 거래에도 엮이면서 만주어로 의사소통할 수 있다는 사실에 자신도 놀랐다. 게다가 며칠 전 칠패시장에서 길을 잃은 청나라 아이까지 만나고 보니 이제는 제대로 말을 잘하고 싶다는 욕심까지 생겨서 부쩍 주의 깊게 수업을 듣는 중이었다. 보단은 막연하지만 앞으로 이 재주가 쓸모 있을 것 같다고 생각했다.

"후다 우두?"

"어무 탕우 오린 무허렌."

청나라 화폐로 120위안이면 조선에서는 몇 냥이나 될까를 머릿속으로 계산하면서 방금 들은 만주어를 낮게 중얼거리는데 대청에서 홍 역관이 부른다고 기별이 왔다. 평상시에도 찾는 일이 종종 있어서 보단은 별생각 없이 대청으로 향했다. 홍 역관이 평상시 사무를 보던 방으로 막 들어설 때였다. 누군가 만주어로 반갑게 인사하는 바람에 깜짝 놀랐다.

"안녕! 또 만났네."

얼마 전 시장에서 만난 청나라 아이였다. 그리고 홍 역관과 대화를 나누던 청나라 사람 서넛이 일제히 보단을 바라보며 반가워하는 게 아닌가. 차림으로 보아 사신단 일행 같았는데, 방에는 다른 사역원 교수들도 같이 있었다. 전혀 예상치 못한 일이었다. 당황한 보단이 문 앞에서 머뭇거리자 홍 역관이 들어오라고 손짓했다.

"보단아, 네가 푸이를 만난 적이 있느냐? 왈패들에게서 구해 주었다면서?"

'저 아이 이름이 푸이인가? 웬일이지? 날 보러 온 거야?'

홍 역관이 묻자 보단은 긴장한 채 푸이와 홍 역관을 번갈아 보며 떠듬떠듬 대답했다.

"네, 나리. 엊그제 우연히 시장 근처를 지나다가 그리되었습니다."

"잘했구나!"

그러자 함께 있던 김 역관이 의아한 듯 물었다.

"그런데 네가 어떻게 만주어를 아느냐?"

순간 보단의 가슴이 철렁했다. 도둑이 제 발 저린다고 했던가. 만주어로 망동과 무슨 짓을 하고 다니냐는 말로 들려 식은땀이 났다.

"그저 유성 도련님 공부하실 때 귀동냥한 거라 약간 이해만 합니다."

보단이 기어들어 가는 소리로 간신히 대답하자, 홍 역관이 기특하다는 듯 미소 지으며 몇 마디 더 거들었다.

"어릴 때부터 영민했다네. 천자문도 혼자 깨쳤는걸."

"그래도 만주어를 혼자 익히다니 신통하구나."

"자칫 왈패들에게 푸이가 해를 당했으면 어쩔 뻔했냐? 네 공이 크구나."

사역원 교수들이 입을 모아 칭찬하자 보단은 더 몸 둘 바를 몰랐다.

청나라에서 사신들이 올 때마다 사역원에는 비상이 걸린다. 모든 역관이 나서서 통역은 물론 접대까지 해야 하는데 사신들이 이것저것 요구하는 것이 많기 때문이다. 그런데 머슴에 불과한 보단이 지체 높은 청나라 칙사의 조카를 구해 주었다. 이 일로 이번 청나라 사신단이 사역원에 크게 신세를 졌으니 앞으로 교류하는 데 도움이 될 것 아닌가. 역관들이 보단을 기특해할 만했다.

잠시 뒤 청나라 사신 중 한 명이 입을 열었다.

"네가 대청나라의 정사 나리 조카인 푸이를 구하다니 정말 장하다. 나리께서 매우 기뻐하시며 상을 내리고 싶어 하신다."

"아닙니다. 우연히 도왔을 뿐입니다."

"허허, 뭐 원하는 것이라도 있으면 말해 보거라."

"푸이가 용감하게 잘 대처했습니다. 저는 그저 잠시 위기를 면하게 도와주었을 뿐입니다."

"언제 만주어를 저리 익혔단 말인가?"

"정식 수업을 받은 적도 없을 텐데. 귀동냥 수준은 아니네그려."

홍 역관과 다른 교수들이 보단과 청나라 사신들의 대화를 유심히 들으며 놀라워했다. 그때 갑자기 푸이가 벌떡 일어나더니 보단을 향해 방을 가로질러 오면서 말했다.

"그럼 이제 나는 보단이하고 나가도 되는 거죠?"

미리 이야기가 돼 있었던 듯 청나라 사신단은 물론 사역원 교수들까지 일제히 고개를 끄덕였다. 게다가 청나라 사신단 일행은 푸이의 당돌한 행동이 오히려 귀여운 듯 너털웃음까지 터트리며 어서 가 보라고 손짓하는 것이 아닌가. 보단은 이 상황이 어찌 된 영문인지 몰라 난감한 듯 홍 역관을 바라볼 뿐이었다.

"보단아, 사신들이 조선에 머무는 동안 네가 푸이와 함께 다녀 줘야겠다. 말동무도 하고 도성 안내도 좀 하거라. 푸이가 한양에 관심이 대단히 많구나!"

"네? 그럼 유성 도련님은…?"

"내가 일러두겠다. 사신단이 다음 달이면 돌아갈 테니 그때까지 별일 있겠느냐?"

잠시 뒤 보단이 푸이와 함께 대청으로 나왔다.

"반갑다! 거봐, 내가 다시 만날 거라고 했지? 네 이름이 보단이라고? 나는 푸이야!"

푸이는 신이 난 듯 친근하게 보단에게 말을 걸었다. 마치 오래된 친구라도 만나는 듯 스스럼없었다. 마주 대하고 보니 푸이가 자신보다 두세 살은 더 어려 보였지만 키가 훨씬 큰 자신을 올려다보면서도 거침없이 말하는 모습에 보단은 피식 웃음을 뺀했다.

"나를 어떻게 찾았어?"

"네가 사역원에서 일한다고 했잖아. 그래서 백부님께 남만인같이 생긴 아이가 사역원에 있는지 알아봐 달라고 했지."

의기양양하게 말하는 푸이의 천진한 모습에 단단히 잠가 둔 보단의 마음속 빗장이 슬며시 열리는 듯했다.

"어디 가고 싶은데?"

"난 시장이 좋아. 지난번에는 왈패 녀석들 때문에 제대로 구경도 못 했잖아."

'이상한 녀석일세!'

청나라 사신단에서 정사는 일행 중 가장 지체가 높을 테니 그 조카인 푸이에게도 분명히 수행원이 있을 것이다. 얼마든지 편안하게 다닐 수도 있는데 겁 없이 혼자 나다니다가 왈패에게 봉변당했던 터다. 그런데도 여태 시장을 구경하고 싶다니, 보단은 그런 푸이가 어이없으면서도 싫지 않았다. 게다가 이참에 유성 꼴을 안 보고 사역원 잡일에서도 벗어날 수 있으니 일부러 자신을 찾아 준 푸이가 고마울 지경이었다.

보단은 푸이와 함께 우선 운종가로 향했다. 사역원에서 가깝기도 하고 제법 볼거리가 많은 곳이다. 특히 운종가 중심에 있는 종루는 사람들이 일부러라도 찾아오는 곳이라 푸이가 좋아할 것 같았다.

"와, 여기 왜 이렇게 사람이 많냐?"

"그렇지? 사람들이 구름처럼 몰려다닌다고 해서 운종가라고 부르는 곳이야."

푸이는 큰길 양쪽으로 늘어선 2층 행랑들을 찬찬히 살피다가 흥미롭다는 듯이 물었다.

"그런데 왜 물건들이 다 가게 안에 있는 거냐? 사람들이 어떻게 알고 사러 와?"

푸이가 이상하게 여길 만도 했다. 운종가는 조선 팔도에서 각양각색의 물건이 들어오는 곳이라 거리는 늘 사람들로 북적거리지만 정작 가게 입구에 진열된 상품은 얼마 없었다. 게다가 가게 간판도 없는 곳이 많아 무엇을 파는 곳인지 한 번에 알기도 힘들다. 그러니 손님은 사고 싶은 물건을 어디서 사야 하는지 몰라 헤매는 일도 많았다. 보단은 시장의 이런 특성을 한 번 보고 알아차린 푸이가 신기했다.

"그래서 여리꾼이 많아. 물건 찾는 손님을 데려와서 가게 주인하고 흥정을 붙이는 거지."

무심코 여리꾼 역할을 설명하던 보단은 흠칫 놀랐다. 골목 저편 먼발치에 낯익은 모습이 눈에 들어왔기 때문이다. 망동이었다.

안 그래도 요 며칠 통 연락이 없어서 궁금하긴 했지만 이렇게 마주치고 싶진 않았다. 망동은 여리꾼답게 이상한 차림새였다. 자기 몸에 맞지 않는 큰 두루마기를 걸치고, 평소엔 쓰지 않던 갓까지 머리 뒤쪽에서 흔들리고 있었다. 방짜 유기전 앞에서 뭔가 큰 소리로 손님과 가게 주인 사이에 흥정을 붙이는 듯했다. 하는 짓이 하도 경박하고 요란해서 주변 사람들의 눈이 모두 망동에게 쏠렸다.

운종가가 워낙 복잡한 데다가 거리도 웬만큼 떨어져 있어서 망동이가 두 사람을 봤을 것 같진 않았지만, 보단은 왠지 불안해져서 맞은편 큰길로 푸이를 이끌었다. 망동이 보기 전에 자리를 피하고 싶었다.

“와! 저건 종루가 맞지? 실제 종을 쳐?”

“응, 하루 두 번. 여기가 도성 한가운데야!”

푸이는 보단의 불안한 마음을 전혀 알지 못한 채 종루에 흥미를 보이며 따라왔다.

개천 광통교로 이어지는 골목으로 막 들어서려는데 듣고 싶지 않은 목소리가 두 사람을 따라왔다.

“어이, 거기 보단이 동생 아닌가?”

보단은 못 들은 척하고 싶었지만 푸이가 눈치 없이 뒤돌아보며 물었다.

“너 부르는 것 같은데? 보단이라고 하는 거 같아.”

하는 수 없이 걸음을 멈추자 아니나 다를까 망동이 제법 반가워하는 얼굴로 다가왔다. 두 사람을 보고 뛰어왔는지 숨을 몰아쉬었다.

“후유! 안 그래도 오늘 너한테 연락하려고 했지. 지금 시간 되냐?”

“오늘은 안 돼. 일이 있어.”

“흠! 그런데 이놈은 어디서 봤는데?”

망동이 푸이를 흘겨보았다. 가뜩이나 가늘고 작은 눈이 더욱 옆으로 찢어졌다.

“보긴 어디서 봐, 사역원 나리 심부름으로 어딜 좀 데려가는 중이야.”

당황한 보단이 푸이 팔을 당기며 자리를 떠나려 하자 이번에 는 푸이가 망동을 알아본 모양이다.

“저 사람은 누구야? 얼마 전 시장 왈패 중에서 본 것 같은데?”

“아냐, 어서 가자!”

보단이 애써 말을 얼버무렸지만, 여리꾼들이 워낙 남의 눈에 띄는 옷을 입고 다니기 때문에 푸이도 망동이 기억났는지 겁도 없이 노려보았다. 당장 덤벼들기라도 할 기세였다.

“왜 그러시나, 보단이 동생! 이놈 엊그제 칠패에서 본 그 청나라 놈 아녀? 무슨 일이야? 나도 좀 끼자.”

망동이 음흉하게 웃는 얼굴로 건들거리며 두 사람에게 다가왔다.

‘이런, 또 뛰어야 하는 거야?’

보단이 두리번거리며 벗어날 궁리를 했지만 언제 나타났는지 왈패 대여섯 명이 두 사람을 둘러쌌다. 시장통이 분주하고 왈패들도 눈치껏 거리를 두며 슬슬 움직여서인지 그 많은 행인이 별다른 눈치를 채지 못하고 무심하게 주위를 지나쳐 갔다.

“왜, 무슨 일 있어?”

하는 수 없이 보단이 묻자 망동은 뭐가 그리 신나는지 잔뜩 흥분하며 말했다. 청나라 사행단을 따라온 상인들이 저마다 물건을 찾는다고 했다.

“되놈들 일행이 도성에 머무는 동안 바짝 열을 올려 한밑천 잡아 보자!”

"사행단 거래는 담당 관리가 따로 있어, 큰일 나고 싶냐?"

"야! 그러니까 몰래 하자는 거지."

보단은 지금 벌이려는 일이 얼마나 위험한지 모르는 망동 때문에 불길한 예감에 사로잡혔다. 게다가 두 사람을 빤히 바라보며 기다리는 푸이 때문에 마음이 급해졌다. 그럴 리 없지만 푸이가 두 사람이 무슨 이야기를 하는지 이해하는 것 같아 신경이 쓰인 보단은 망동에게 사정할 수밖에 없었다.

"지금은 우리를 그냥 보내 줘. 제발 부탁이야!"

망동도 더 이상 보단을 밀어붙이지는 않았다.

"좋아! 내일 신시(오후 6시 반에서 7시 반) 지나기 전에 여기로 와라."

망동은 다시 만나기로 약속하고 운종가 쪽으로 발길을 돌리려다가 뜬금없는 소리를 했다.

"그나저나 너희 도련님한테 잘되어 간다고 전해라. 그러면 안다!"

보단은 가슴이 철렁했지만 푸이를 챙기는 일이 우선이었다. 보단은 간신히 망동을 떼어 내고 광통교로 향하면서 슬쩍슬쩍 푸이의 눈치를 볼 수밖에 없었다. 다행히 푸이는 주변 구경에 마음이 팔렸는지 더 이상 망동에 관해 묻지 않았다.

"여기가 한강이냐?"

"아냐, 여긴 개천이야. 한강은 서쪽으로 더 가야 해, 훨씬 크지."

"어쩐지 생각보다 작더라니."

푸이는 조선에 관한 공부도 제법 하고 온 모양이다. 얼마나 걸어 다녔을까? 어느덧 태평관 앞에 도착했다.

"친구! 내일 다시 보자."

푸이는 태평관 사신 숙소 안으로 들어서며 보단을 향해 활짝 웃었다. 보단도 겸연쩍게 손을 흔들었지만 생각은 다른 데 가 있었다.

'그나저나 유성이는 도대체 무슨 짓을 벌이는 걸까?'

푸이와 헤어져 집으로 향하던 보단은 망동이 했던 말이 영 마음에 걸렸다. 내일 어떻게든 시간을 내서 유성을 찾아봐야겠다고 생각하며 피곤한 발걸음을 옮겼다.

'오늘은 좀 늦었구나!'

집에 돌아오니 어머니가 보단을 반겼다. 두 사람이 방으로 들어서자 못 보던 큰 보따리 하나가 덩그러니 놓여 있었다.

"엄니, 이게 뭐예요?"

"나리께서 사람을 시켜 보내셨더라, 네가 누굴 구해 준 사례라면서. 안 그래도 너한테 물어보려고 기다렸어."

보단이 어제오늘 일을 간단히 이야기하자 어머니가 보따리를 풀어 보았다. 두 사람은 생각보다 큰 선물에 당황했다. 비단 두 필, 서책 몇 권, 게다가 꽤 묵직한 은자 주머니까지 있었다.

"그런데 이건 서양경 아니니? 어쩌면 이렇게 깨끗하게 보이니?"

어머니는 작은 서양경을 들여다보며 좋아했다. "엄니도 참! 이 귀한 비단이나 은자보다 그게 더 맘에 드세요?"

보단은 화려한 물건도 많은데 소박한 서양경에 더 관심을 보이는 어머니가 정말 어머니답다고 생각했다.

"그런데 네가 만주어를 할 줄 안다고? 왜 내색을 안 했어?"

"뭐 별것도 아니었어요. 그냥 귀동냥해서 들은 것들이라."

보단을 기특한 듯 바라보던 어머니가 혼잣말처럼 낮게 한마디 했다.

"네가 아버지를 똑 닮은 모양이구나, 언어에 재주가 많으셨는데. 조선말도 쉽게 익히시고 만주어며 한어까지 능숙하셨단다."

'내가 아버지를 닮았다고?'

"게다가 아주 정의로운 분이셨단다. 어려움을 당한 사람을 보면 너처럼 그냥 지나치질 못하셨지. 그러다 손해도 많이 보시고 다치기까지…."

어머니는 잠시 보단을 바라보더니 뭔가 더 할 말이 있는 것 같던 입을 이내 다물었다.

자기 앞에서 좀처럼 아버지 이야기를 하지 않던 어머니가 모처럼 꺼낸 이야기를 보단은 더 듣고 싶었다. 그러나 어머니는 이내 자리에서 일어서며 혼잣말처럼 중얼거렸다.

"이것들은 우리에게 너무 과하구나. 어디 둘 곳도 마땅치 않고. 공연히 주변 사람들 눈총을 사는 건 아닌가 싶구나."

보단도 선물보다 걱정이 더 앞섰다. 어머니가 차마 입 밖에 내진 못했지만 유성과 마님이 괜한 시비를 걸지는 않을지 불안감이 몰려왔다.

“너무 걱정 마세요, 제가 엄니 편히 모실게요. 일단 자리에 누우세요.”

보단이 애써 씩씩한 척하며 오랜만에 어머니에게 다정한 말을 건넸다.

그러나 오래도록 잠을 잘 수 없었다. 푸이가 했던 말이 가슴에 남았다.

‘친구? 내가 머슴 처지란 걸 모르나?’

그러고 보니 누군가와 친구가 되어 본 적이 없다. 늘 놀림만 받는 외톨박이 보단에게 푸이와 만난 일은 매우 낯설지만 설레는 경험이었다.

‘우리가 정말 친구가 될 수 있을까?’

신분도 다르고 더군다나 다른 나라에서 온 푸이가 불러 준 친구라는 말이 오랫동안 마음에 남았다. 다만 그 마음 한구석을 망동과 유성이 무겁게 누르고 있었다.

공범

"어! 저 어른은…?"

보단은 푸이와 함께 배오개 언덕을 내려와 홍인문 쪽으로 향했다. 그런데 멀리서도 눈에 띄는 사람을 발견하고 둘은 멈칫했다. 박연 대장이었다. 그는 훈련도감 인근 밭에서 채소를 키우던 농민들과 이야기하는 듯했다. 반가움과 궁금함이 동시에 일었지만 선뜻 그에게 다가가지 못하고 망설였다.

"보단! 저 사람은 군인인가? 조선 사람 같지 않은걸."

눈치 빠른 푸이가 물었다. 농사짓는 사람들 사이에서 관리 복장에 키가 크고 붉은 수염을 기른 노인을 가뜩이나 눈썰미가 좋은 푸이가 놓칠 리 없다.

그때 마침 박연이 대화를 마치고 고개를 들어 보단이 걸어오는 것을 발견한 듯했다. 길고 붉은 수염이 실룩이는 것을 보니 뭐라고 말하는 듯한데 잘 들리지는 않았다.

보단이 얼른 뛰어가 그 앞에서 깍듯하게 고개를 숙여 인사했다.

"오호! 홍 역관 댁에서 만난 아이구나. 이름이 뭐라고 했지?"

"보단이라고 합니다."

박연도 반가워하는 기색이 역력했다.

"안녕하세요. 저는 푸이입니다. 청나라에서 왔어요."

뒤따라온 푸이가 누가 시키기도 전에 앞에 나서서 인사했다. 박연은 처음에는 의아했지만 이내 인사를 받아 주며 보단을 돌아보았다.

"청나라 사신단을 따라온 아이입니다. 제가 며칠 도성을 안내해 주고 있습니다."

"이 사람도 조선인이냐? 왜 무관 복장을 했지?"

푸이가 궁금함을 쏟아 내는데, 보단은 어른 앞에서 어떻게 대꾸해 주어야 할지 난감했다.

그때였다. 갑자기 박연의 얼굴에 힘든 기색이 보였다. 가뜩이나 큰 몸이 쓰러질 듯 휘청거렸고, 놀란 보단이 그를 얼른 부축했다.

"여기 일은 저희가 마무리할 테니 어서 들어가세요!"

"대장 어른, 요즘 부쩍 기력이 떨어지시나 봅니다. 몸조심하셔야 합니다!"

밭에서 일하며 박연과 대화를 나누었던 사람들도 그 모습에 걱정하며 빨리 들어가라고 권했다.

"고맙소. 계속 나와 있었더니 좀 어지러울 뿐이오!"

박연이 주변 사람들을 안심하게 하려는데 푸이가 얼른 그의 왼쪽 팔을 들어 자기 어깨에 얹으면서 곰살맞게 말했다.

"보단, 우리가 모셔다 드리자!"

"고맙다. 어린 너희 신세를 지는구나."

박연은 보단과 푸이가 부축하는 게 싫지 않은 듯 두 아이에게 의지해서 훈련도감으로 들어갔다.

두 아이가 인사하고 떠나려 하자 박연이 들어오라고 붙들었다. 잠시 뒤 하인이 작은 다과상을 내어 왔다.

푸이는 허기가 도는지 접시에 놓인 곶감이며 약과를 망설이지도 않고 집어먹기 시작했다. 보단은 눈치도 보지 않고 주저하지 않으며 당당한 푸이를 부러운 듯 바라보았다.

"너도 어서 하나 맛을 보거라!"

박연이 보단에게도 권하며 말했다.

"안 그래도 네가 궁금했는데 이리 만나는구나."

푸이가 곶감을 입에 문 채 보단과 박연의 얼굴을 번갈아 보았다. 그 해맑은 모습에 두 사람의 얼굴에 동시에 미소가 번졌다. 가까이서 보니 박연 대장은 생각보다 나이가 많았다. 멀리서 볼 때는 키가 장대하고 꼿꼿한 자세에 기품이 있어서 나이를 의식하지 못했다. 그런데 마주 앉아서 보니 붉은 수염은 희끗희끗해서 축 늘어지고, 등도 구부정해서 노인의 모습이 역력했다. 그만 쉬게 해 드려야 할 것 같아 일어서려 했지만 푸이가 눈치도 없이 질문을 쏟아 냈다.

"이분은 원래 어디서 오셨는지 좀 물어봐. 가족은 다 여기 사는 거야? 훈련도감에서 이분 뭐 하시는 거야? 높은 사람 같은데?"

푸이가 질문을 쏟아 내는 모습에 박연은 웃음을 터트리며 보단에게 물었다.

"뭐라고 하는 것이냐?"

보단은 어쩔 줄 몰라 하며 조심스럽게 푸이의 질문을 박연에게 전했다.

"아란타(네덜란드)에서 왔느니라. 아주 오래전 일이지. 지금은 외인부대 훈련대장이란다."

박연은 자신에 관해 담담하고 간결하게 답해 주었다.

그 말은 들은 푸이가 난데없이 이렇게 말했다.

"이분과 너, 두 사람 어쩐지 닮은 것 같아. 보단 너도 아란타 사람이냐?"

푸이의 질문에 당황한 보단이 박연을 보자 그도 궁금한 듯 통변을 기다렸다. 그러나 보단은 뭐라고 말해야 할지 난감해서 우물쭈물하며 말을 전했다.

"어휴, 나리. 이 아이가 제가 나리를 닮았다고, 괘념치 마세요. 죄송합니다."

"아니다. 우리가 이런 차림을 하고 있어도 태생이 남만인인 것을 감출 수 있겠느냐. 그러고 보니 우리 아들도 너만 했었구나."

그 말을 하는 박연은 얼굴이 더욱 어두워지면서 피곤한 듯 몸을 뒤로 기대었다.

'아들이 나만 했었다고? 왜 과거처럼 말하시지?'

보단은 가슴이 서늘해지면서 눈치가 보여, 푸이를 재촉해서 억지로 자리에서 일어나게 했다.

"다시 와도 되냐고 물어봐! 아니면 내가 태평관으로 초대해도 되느냐고."

보단은 민망해서 푸이에게 꿀밤이라도 한 대 쥐어박고 싶은 심정이었다. 보단이 안절부절못하면서 아예 푸이의 말을 통변하지 않고 어서 일어나 가자며 재촉하는데, 용케 박연이 뜻을 알아들은 듯했다.

"다시 들르거라, 언제든지. 더 이야기 나누고 싶다만 내가 오늘은 좀 피곤하구나."

어느 정신에 푸이를 훈련도감 밖으로 데리고 나왔는지 모를 지경이었다. 푸이가 계속 뭐라고 질문을 쏟아 내며 따라오는데, 보단은 대꾸할 정신도 없이 급하게 개천 길을 따라 내려왔다. 사실 박연에게 더 궁금하고 묻고 싶은 것도 많은 보단이었지만 내색하기는 힘들었다. 푸이가 무심코 박연 대장과 자신이 닮았다고 한 말이 보단의 마음에 오래 남았다. 보단은 한동안 잊고 지내던 아버지 얼굴을 기억해 내려고 애써 보았지만 희미하기만 할 뿐이었다.

"우리 시장 구경은 웬만큼 했으니 박연 대장에게 가 보자!"

이튿날에도 푸이는 보단을 졸라서 훈련도감에 들렀다. 다행히 박연 대장은 반갑게 맞아 주었다. 두 아이는 홍이포도 가까이서 구경하고 외인부대의 훈련 장면도 지켜볼 수 있었다. 여태껏 자신만 조선 땅에 버려진 듯해서 외롭다고 느꼈던 보단은 도성 안에 이렇게 많은 이방인이 섞여 살고 있다는 사실이 신기하고 고마웠다. 구경에 정신이 팔려 연신 감탄하던 두 아이 배에서 동시에 꼬르륵거리는 소리가 났다. 박연과 푸이가 서로 마주 보며 크게 웃는데, 보단은 민망해서 어쩔 줄을 몰랐다. 어느새 세 사람은 친근한 사이가 된 듯했다. 박연은 두 아이를 근처 주막으로 데려갔다.

"먹을 수 있겠어?"

"흠! 흥미롭군!"

잠시 주모가 내어 온 국밥을 바라보던 푸이는 이내 수저를 들더니 순식간에 한 그릇을 비웠다. 청나라의 지체 높은 귀족 집안 아들인데도, 격식을 차리거나 대접받으려고 하지 않고 소탈한 아이의 모습에 보단도 조금씩 마음이 끌렸다. 박연도 기특한 듯 미소 지으며 연신 고개를 끄덕였다. 그사이 푸이가 먼저 식사를 마치고 박연에게 질문을 쏟아 냈다.

"언제 조선에 오신 거예요?"

"아주 오래전 일이구나, 정묘년 전쟁이 일어나기도 전이었으니 말이다."

"어떻게 알고 오신 건데요?"

"원래 조선이 내 목적지는 아니었단다. 아란타에서 왜나라 낭가삭기(나가사키)로 가던 중이었거든. 내가 탄 상선이 침몰하는 바람에 거의 죽게 되었단다. 며칠을 표류하다가 간신히 뭍에 도착하고 나니 조선이더구나."

박연 대장은 연이은 전쟁에 직접 참여도 했고, 홍이포를 만드는 일에도 투입되었다고 했다. 그 이후에는 도성 안 외인들로 구성된 부대를 관장한다고 말했다.

"대단하네요! 이렇게 나이가 많으신데."

"허허, 네가 보기에도 늙어 보이지? 그래서 이제는 직접 나서는 일은 별로 안 한단다."

푸이의 당돌한 질문에도 박연 대장은 기분 좋게 웃으며 일일이 대답을 다 해 주었다.

그러나 보단은 푸이가 궁금해하는 대장의 가족 이야기는 묻기가 어려웠다. 가족 이야기가 나올 때마다 어두워지는 대장의 얼굴빛이 염려되었기 때문이다.

'아들이 있다고 하신 것 같은데.'

조선으로 온 후에도 혼인했다는데 차마 자세히 묻지 못하고, 푸이에게는 대충 에둘러 이야기했다.

"보단아, 푸이와의 인연을 잘 이어 가야 한다. 총명한 아이 같구나."

박연이 보단에게 하는 말을 푸이는 알아듣지도 못하면서 자기 이야기를 하는 것 같은지 두 사람을 번갈아 바라보며 씩 웃었다.

"오랑캐라 천대받던 만주족이 중원을 차지하지 않았느냐? 겉모습만 보고 판단해서는 안 된다. 세상이 변하는 것을 잘 읽어야 해. 너의 통변 재주가 크게 쓰일 수 있을 게다."

박연은 보단을 격려했지만 정작 보단은 딴생각에 빠져 있었다. 왜 그가 자신의 나라로 돌아가지 않았는지 차마 물을 수는 없었다.

주막을 나와 박연과 헤어진 후 두 아이는 배오개 시장 쪽을 향해 걸었다. 얼마 지나지 않았는데 푸이가 갑자기 발걸음을 멈추고 불안한 듯 한 곳을 주목하며 말했다.

"보단, 저기 좀 봐. 그 왈패 놈이 또 나타났다."

보단은 푸이가 가리키는 쪽을 보고는 당황하고 말았다. 난데없이 유성이 망동 무리와 어울리고 있었기 때문이다. 오늘이 보름이니 한 달에 한 번 사역원 생도들이 본가로 갈 수 있는 날이 라 밖으로 나온 듯했다. 혹시 망동 패거리에게 해를 당하는 것이 아닌가 싶었는데 조금 지켜보니 유성이 거들먹거리며 웃고 있는 게 아닌가? 웬일인지 망동 패거리가 유성에게 굽신거리며 비위를 맞추는 듯했다. 그러나 망동이 무리 뒤에서 특유의 비열한 웃음을 지으며 눈을 돌리고 있는 것이 영 마음에 걸렸다.

어제 운종가에서 망동이 했던 말이 생각났다.

'잘되고 있다고 했었지? 도대체 무슨 일을 벌이는 걸까?'

망동이 유성을 끌어들여 뭔가 작당하는 게 틀림없었다. 그렇지 않아도 사역원에 들러 유성을 살펴보려고 했는데, 요 며칠 푸이가 하도 보고 싶어 하는 곳이 많아 짬을 낼 수가 없었다. 자신이 바쁜 틈을 타서 도대체 뭘 하고 다니는지, 어떻게 망동 무리와 어울리게 됐는지 미처 거기까지는 생각하지도 못했던 터라 보단은 속이 탔다.

'홍 역관 나리는 아실까?'

걱정은 되었지만 그렇다고 푸이까지 데리고 망동 패거리에게 다가갈 수는 없었다.

"나쁜 놈들이야! 눈에 띄지 말고 저리 가자!"

보단은 되도록 먼 거리로 돌아 망동 무리를 피했다.

'도대체 도련님은 어떻게 망동이와 어울리게 된 걸까?'

보단은 푸이를 태평관으로 들여보낸 뒤 시장에서 보았던 유성을 생각하며 집을 향해 무거운 발걸음을 옮겼다.

"야, 코쟁이, 너 이리 와 봐!"

집 앞에서 유성과 딱 마주친 보단은 가슴이 철렁했다. 집으로 들어선 유성은 잠깐 안채를 살피더니 뒷마당 장 독대 쪽으로 보단을 끌고 갔다. 그러고는 다짜고짜 보단에게 돈을 요구했다.

"너 돈 있지? 20냥만 내놔!"

망동 놈이 결국은 다 일러바친 모양이다.

'내 이럴 줄 알았다. 비겁한 놈 같으니라고.'

보단은 망동에게 부아가 치밀었다. 그러나 일단 사실대로 인정할 수는 없었다. 애써 시치미를 떼며 대꾸했다.

"도련님, 무슨 돈이요? 내가 돈이 어딨어요?"

"이놈아, 너 푸인가 뭔가 하는 되놈 구해 주고 사례비 넉넉히 받았다며? 그게 다 내 덕인데, 그렇게 입을 싹 씻는 거냐?"

'가만있어 봐, 그럼 내가 통변해서 번 돈을 말하는 건 아닌데. 그럼 아직 모르는 거야? 모르는 척하는 거야?'

보단의 머릿속은 복잡한데 유성은 마치 빚이라도 받으려는 듯 돈을 재촉했다.

"방으로 가져와. 기다린다, 알았지?"

보단은 기가 막히긴 했지만, 차라리 돈을 조금 줘 버리는 게 낫겠다는 생각이 들었다. 그리고 유성이 자신과 망동의 관계를 아는지도 확인해야 했다.

보단은 행랑채 자기 방으로 들어서기 전에 어머니가 아직 부엌에 있는지 확인했다. 방에 들어오시기 전에 빨리 반닫이에서 돈 을 빼내야 했다.

'왜 비단이 한 필밖에 없지? 어디 쓰셨을 리 없는데.'

반닫이를 열자 비단 한 필이 안 보였다. 일전에 분명 푸이 백부가 보낸 비단 두 필을 넣어 두었는데 하나만 있었다. 그러나 보단은 우선 급한 마음에 반닫이 깊숙한 곳에 묻어 둔 돈주머니부터 꺼내려 했다.

그때 문이 덜컥 열리며 어머니가 들어섰다.

"어, 엄니!"

어머니는 근심이 가득한 얼굴이었지만 차분하게 자리에 앉았다. 보단이 들어오는 것을 보고 따라오신 듯했다.

"여기 좀 와서 앉아 봐. 안 그래도 네가 말해 주길 기다렸는데, 도대체 그 돈이 다 어디서 난 게냐?"

돈주머니를 보고도 놀라지 않는 것을 보니, 어머니는 이미 알고 있었던 게 분명했다. 어머니는 반닫이 안의 돈이 늘수록 마음고생도 심해졌으나, 요즘 푸이를 안내하느라고 분주한 보단을 기다렸다고 했다.

보단은 일단 배에 힘을 주며 큰 숨을 쉰 뒤 빠르게 자초지종을 설명했다.

"엄니, 조금만 기다려. 곧 장터에 가게 하나 얻어서 여길 나갈 수 있어."

보단은 이왕 이렇게 된 거 자신의 계획을 어머니에게 알리고 도움을 받고 싶었다. 그러나 말없이 보단의 이야기에 귀를 기울이던 어머니 얼굴이 점점 창백해졌다.

"보단아! 그런데 넌 이 일이 불법이란 건 아는 거니?"

"내가 남에게 해를 끼친 것도 아닌데, 뭐 어때? 불법은 오히려 상권 다 독점해서 이득을 챙기는 사람들이 저지르는 거예요. 나는 그저 통변만 하는 거라고요."

"내가 언제 너 보고 돈을 벌어 오라 했니? 그렇게 위험한 일을 벌이고 다니면서 돈을 모은 거냐? 나리께서 아시면 어쩌려고."

"엄니, 사실 나리도 청나라나 왜나라랑 거래해서 돈을 모으신 거잖아. 나랑 뭐가 달라?"

"사사로운 거래는 나라에서 금한 일이다. 네가 밀거래한 사실을 아시면 나리도 널 봐주시지 않을 거야. 차라리 사실대로 말씀드리고 도움을 청하자. 어미가 같이 가 줄게!"

"엄니, 얼마 안 남았다니깐. 이번에 큰 건이 몇 개 있는데 그 일들만 마치면 이 집에서 나갈 수 있어. 내가 엄니 호강하게 해 줄 테니 조금만 기다려요."

보단이 계속 우기자 어머니는 단호한 어조로 말했다.

"난 여기서 나갈 생각이 없다. 아버지께서 이리 돌아오신다고 했어. 우리 여기서 기다리자. 그러니 얼른 일을 정리해, 알겠니?"

그 말을 들은 보단은 오히려 화가 났다.

"아버지는 무슨! 우릴 버리고 간 거 아냐! 여태 오지 않는 걸 보면 몰라요? 난 내 힘으로 여기서 빠져나갈 거야."

"아버지는 우리를 버리신 게 아니야! 꼭 돌아오실 거야. 조금만 더 기다리자. 보단아! 제발!"

보단은 오기가 생겼다.

"언제까지? 왜 엄니는 나를 안 믿어요? 보이지도 않는 아버지를 철석같이 믿고 기다리면서, 아버지 때문에 내가 같지도 않은 유성 치다꺼리나 하게 된 거 아니에요! 이젠 나 아버지 안 기다려!"

흥분한 보단의 목소리가 커지자, 어머니는 눈에 노기가 어렸지만 여전히 낮은 목소리로 애원하듯 말했다.

"보단아, 아버지를 그런 식으로 말하지 말거라. 네가 너무 어려서 이해하지 못할 뿐이야."

"이제 나도 다 알아요. 아버지 안 기다려! 보란 듯이 출세해 보이겠어. 엄니, 내가 얼마나 죽을힘을 다했는지 알아요? 얼마나 마음 졸이며 살았는지 알아?"

보단은 난생처음 어머니에게 대들었다. 보단도 이 일이 그저 좋아서 하는 게 아니었다. 그래도 통변해서 모은 돈으로 가게를 차리고 어머니를 편하게 모시고 싶어서 그동안 마음을 졸여 가며 일했는데 어머니가 자신의 마음을 몰라주니 분통을 터뜨렸다.

"엄니, 도성 안에 나만큼 만주어 실력이 있는 통변사가 없어요. 내가 유성이보다 훨씬 잘해! 앞으로 시장통에서 청나라와 거래는 다 나를 통해야 할 날이 올 거라고요! 그런데 왜 인제 와서 다 포기해요? 난 그럴 수 없어요."

어려서부터 신중하고 입이 무거웠던 보단이 그동안 마음에 품어 왔던 욕망을 다 쏟아 내자 어머니는 말문이 막혀 하얗게 질려 버렸다. 보단도 몸이 떨려 왔다. 보단은 차마 어머니를 똑바로 볼 수 없어서 돈주머니를 획 집어 들고는 벌떡 일어나 방을 나왔다.

어머니가 흐느끼는 소리가 마당으로 흘러나왔다. 보단은 약해지려는 마음을 다잡았다.

'조금만 기다려요, 엄니!'

어머니가 지금은 겁이 나겠지만 곧 아들을 자랑스러워하도록 조금만 더 견뎌 보자고 자신을 다독였다. 일단 유성이 입을 다물게 하는 것이 급했다.

안채 건넌방은 아직 불이 꺼지진 않았다. 마루로 올라갈 수는 없어 뒤쪽으로 돌아가 작은 창을 두드렸다.

"도련님, 도련님!"

보단이 소리 죽여 부르자 유성이 방문을 살짝 열며 들어오라고 했다. 보단은 짚신을 벗어 손에 들고 방으로 얼른 들어가 문을 닫았다.

"가져왔냐?"

"먼저 어디 쓰려는지 말씀해 주세요. 혹시 망동이 놈과 노름이라도 하려는 겁니까?"

보단이 망동을 언급하자 유성은 짐짓 놀란 듯했지만, 이 내 몸을 보단에게 기울이며 소리 죽여 말했다.

"이놈아, 내가 언제까지 노름만 하겠냐? 나도 어엿이 투자하려는 거다. 알겠냐?"

어떻게든 돈을 뜯어내려는 비굴한 웃음이 얼굴에 번졌다. 방 안에는 둘밖에 없는데도 소리를 낮춰서 속삭였다. 망동이 청나라 상인과 거래하는 데 돈을 대면 세 배는 넉넉히 불려 주겠다고 약속했다는 말이었다.

보단의 머릿속이 어지러웠다. 망동이 뭔가 일을 벌이고 있는 것이 분명했다. 이러다 자신도 연관돼 있다는 사실을 유성이 알게 될까 봐 염려도 되었다.

앞으로는 아예 발을 빼고 혼자 움직여야겠다고 생각하며 돈주머니를 유성에게 건넸다. 돈을 받자 유성의 입이 귀에 걸렸다. 보단이 돈을 주는 것은 이번뿐이라고 아무리 못을 박아도 유성은 귓등으로도 안 듣는 듯했다.

"도련님, 그래도 조심하세요. 망동이 놈과 어울려서 좋을 일이 없어요."

유성의 방을 나오면서 보단은 자신이 했던 말을 곱씹었다.

'나도 그놈과 어울려서 좋을 일이 없을 텐데.'

행랑으로 돌아온 보단은 한동안 방으로 들어가지 못했다. 툇마루에 걸터앉아 밤하늘에 뜬 둥그런 보름달만 올려다보며 중얼거렸다.

'어쩌다 내가 그런 놈들하고 공범이 되었나!'

망 동

태평관에서 청나라 사행단을 위한 연회가 있는 날이다. 보단은 푸이를 여느 때보다 일찍 태평관에 데려다주고 서둘러 칠패시장으로 걸음을 옮겼다. 오랜만에 기별해 온 망동을 만나기 위해서였다. 요즘 들어 부쩍 시장통을 자주 다니긴 했지만, 보단은 자신을 힐끔거리는 사람들의 시선이 여전히 힘들었다. 자꾸만 길가 쪽으로 비켜나 고개를 푹 숙이고 걷는 이유도 그 때문이었다. 하지만 곧 푸이가 했던 말이 떠올랐다.

"뭐 어때! 네가 조선인들과 다르게 생겼지만, 그게 무슨 상관이야!"

보단은 푸이의 당돌한 자신감이 부러웠다. 워낙 청나라에서 지체 높은 집 자손이라 그러려니 하면서도 솔직히 위로가 되었다. 푸이 말처럼 세상의 모든 사람이 모였다는 연경의 모습을 상상해 보며 보단은 어깨를 살짝 펴고 걸었다. 그곳에서는 코가 작건 크건, 피부색이 노랗든 희든 누구나 허리를 쭉 펴고 걷는다고 했으니까.

'나도 연경에 갈 수 있을까?'

이런저런 생각을 하다 보니 시장 뒷골목 몇 개를 금세 지났다. 마침내 어느 가게 앞에 도착했는데, 허름한 문짝 하나만 달려 있어 무엇을 파는지 전혀 알 수 없었다. 보단이 그 가게 안으로 막 들어설 때였다.

"네가 여기 웬일이냐?"

뜻밖에도 유성이 놀란 목소리로 보단을 맞았다. 당황한 보단이 뭐라 할 말을 찾지 못하는 사이에 유성은 도리어 뭔가 켕기는 듯 언성을 높였다.

"네 이놈, 또 내 뒤를 쫓은 거야? 여기 온 건 어떻게 알았어?"

유성도 여기서 보단을 보게 될 줄은 예상하지 못한 듯 적잖이 당황한 모습이었다. 늘 그랬듯 자기를 감시하다가 몰래 따라왔다고 생각하는 모양이었다. 어떻게 이 상황을 빠져나가야 할지 보단의 머릿속이 복잡해졌다. 그때 마침 가게 뒤쪽 창고에서 주인과 함께 나오던 망동이 두 사람을 발견했다. 특유의 야비한 웃음으로 가뜩이나 뾰족한 얼굴이 더 일그러졌다.

"아니 우리 도련님, 아직 모르셨나? 그동안 이놈이 우리 거래를 통변해 준 게 아닙니까?"

망동은 능청스럽게 유성에게 말을 건네며 보단을 연신 곁눈질

했다. 졸지에 그동안 행적이 발각된 보단은 곤혹스러워서 힐끔거리며 유성의 눈치를 살필 수밖에 없었다.

"그럼, 이놈이 만주어를 할 줄 안다는 그 머슴 놈이라고? 어떻게 보단이 네가 만주어를 한다는 게냐?"

유성은 보단의 만주어 실력을 짐작도 못 했다는 표정이었다. 그때 또 망동이 뻔뻔한 얼굴로 쉿소리를 내며 능청스럽게 끼어들었다.

"보단이 동생! 너도 참 그렇다. 도련님 덕분에 사역원에서 만주어를 익힌 모양인데 여태 도련님께 말씀도 안 드리고 그 많은 돈을 혼자 챙겨 온 게냐?"

유성은 이제야 어느 정도 상황을 파악했는지, 옳다구나 싶어 기세등등하게 큰소리치기 시작했다.

"네 이놈, 푸이란 되놈을 핑계 삼아 살살 돌아다니면서 네놈 잇속만 챙겨 왔다는 거구나! 아버지가 아시면 그냥 둘 것 같으냐? 네 이놈을 당장!"

유성은 마치 자신이 뭐라도 되는 듯 거듭해 소리를 높였다. 보단은 순간 망동 놈이 쳐 놓은 올무에 걸려들었다는 사실을 깨달았다. 망동이 요즘 자신을 피하는 보단을 궁지에 몰아넣으려고 일부러 유성을 거래 장소에 끌어들인 것이 틀림없었다.

"아이고 도련님, 좀 참으셔. 이렇게 은혜도 모르는 아랫것들 상대하지 말고, 자! 우리 오늘 거래나 해봅시다. 투자금도 내셨는데 한몫 단단히 챙기셔야지."

망동이 흥분한 유성의 어깨를 도닥이면서 보단에게도 흘끔흘끔 눈짓을 해 댔다. '내가 다 알아서 처리할 테니 너는 염려 말라'는 듯했다. 그 꼴을 보자니 보단은 팔에 닭살이 돋고 온몸에 소름이 끼쳤다. 실실 웃는 그놈 모양새에 더 화가 치밀었다. 그러나 망동은 아랑곳하지 않고 가게 주인에게도 거들먹거렸다.

"아재, 도대체 어떤 인삼을 넘기겠다는 거요? 팔포로 사역원에 넘기고도 남은 것이 있다는 말이요?"

"몇 번을 말해야 믿어, 내가 목돈이 좀 필요해서 그래. 안전하게 넘길 되놈들이나 소개해 줘."

"거, 못 팔게 된 인삼을 처리하겠다는 거로군!"

가게 주인은 웬일인지 한참이나 나이 어린 망동의 눈치를 살피기에 바빴다. 그의 기세에 눌린 듯 비굴할 만큼 쩔쩔매는 모습이 수상했다.

'아니, 인삼을 거래하겠다고?'

보단은 겁이 덜컥 났다.

그동안 망동 같은 여리꾼들이 청나라 상인들과 밀거래하는 일은 종종 있었다. 저잣거리에서는 이런 밀거래가 공공연하게 이루어졌지만, 거래 품목이 제한적이고 규모가 크지 않아 관아의 눈을 피할 수 있었다. 그러나 인삼은 문제가 달랐다. 예로부터 귀한 약재로 알려진 인삼은 아무리 상인이라도 관아의 허락 없이 사적으로 취급할 수 없기 때문이다. 자칫 밀거래하다가 걸리면 참형을 당할 수도 있었다.

'이건 너무 위험해!'

보단은 불안해하며 두 사람 대화에 귀를 기울였다. 듣자 하니 이 가게 주인은 불법으로 인삼을 사 모으고 있었다. 인삼을 재배하는 농가에서 관아에 납부하기 전에 몰래 빼돌렸고, 그중에서도 품질이 떨어져 거래할 수 없는 저급 인삼들을 망동에게 넘기려는 듯했다. 망동이 세상 물정 모르고 나대기만 하는 유성을 꼬여 돈을 대게 했음이 분명했다.

"도련님, 이건 너무 위험해요. 어서 돌아가세요!"

보단은 위험을 직감하고 어떻게 해서든 함께 빠져나오려고 유성에게 사정해 보았다. 그러나 유성은 들은 체도 하지 않고, 오히려 보단을 윽박질렀다.

"네 이놈, 조용히 못 하겠냐? 일단 이 거래 마치고 보자!"

그리고 유성은 망동과 가게 주인 사이에 끼어들어 참견해 댔다.

"이보게, 내가 얼마든지 돈을 댈 테니 걱정하지 말게!"

"아이고, 역시 도련님이십니다!"

가게 주인이 치켜세우자 유성은 더욱 기고만장해져서 망동에게 허세를 부렸다.

"망동아, 너도 어디 장돌뱅이 되놈들 좀 많이 모아 와라. 내가 통변까지 해 줄 테니."

그때였다. 밖에서 망보던 왈패 중 한 명이 허둥거리며 가게 안으로 뛰어 들어왔다.

"형님, 어서 자리를 피해야겠어요. 포졸들이 쫙 깔려서 순라를 도는데, 어떻게 알았는지 이쪽으로 오고 있어요."

보단이 놀라서 밖을 내다보니, 흥청거리던 시장 분위기가 어수선해지고 난전 상인들은 짐을 챙기기에 바빴다. 그리고 골목 어귀에서 어영청 포졸들이 무리를 지어 빠른 걸음으로 다가오는 게 아닌가.

"에잇, 재수 없어. 일단 피하자!"

망동은 저 혼자 뒤도 안 돌아보고 뒷문 밖으로 나가 버렸다.

'저런 비열한 놈! 자기만 도망가겠다는 거야?'

보단도 급한 마음에 뒷문으로 나가려는데 유성이 어쩔 줄 몰라 하며 보단의 팔목을 잡았다.

"왜, 무슨 일이냐? 어딜 가는 거야?"

"도련님, 따라오기나 하세요. 어서요."

보단이 유성의 손을 잡아끌고 가게 뒷문으로 나와 뛰기 시작했다.

"게 섰거라!"

그러나 얼마 못 가서 뒤쪽 어디선가 포졸들이 외치는 소리가 연거푸 들려왔다. 보단은 그러거나 말거나 뒤도 안 돌아보고 내달렸다. 유성이 잘 따라오는지 힐끔 뒤를 돌아보았다. 유성은 얼굴이 창백해진 채로 간신히 따라오고 있었다.

보단은 포졸들을 따돌리기 위해 사람이 많고 복잡한 길로 들어섰다. 뜀박질을 멈추고 빠르게 걸었다. 사람이 많은 곳에서 뛰면 오히려 눈에 잘 띌 것 같아서였다. 길바닥에 던지듯 쌓아 올려놓은 온갖 물건 상자를 간신히 피하고, 행상들의 어깨에 치여 가면서도 정신없이 걸었다. 포졸들이 정말 따라오는지 뒤돌아볼 경황도 없었다. 최대한 멀리 벗어나야 한다는 생각뿐이었다.

"이놈아, 어디까지 가는 거야?"

시장통을 돌고 돌며 한참을 걷는 동안 간신히 따라오던 유성이 끝내 울상이 되어 소리쳤다. 작은 키에 몸까지 비대하다 보니 제대로 뛰질 못해서 거의 보단에게 끌려오는 형색이었다. 보단은 혼자 달려가고 싶었지만 차마 유성을 그냥 버리고 갈 수는 없었다.

"도련님, 빨리요! 조금만 더 가요."

억지로 잡아끌며 좁은 골목길로 접어들었는데 하필이면 막다른 길이었다. 이때 유성이 다시 비명을 지르며 주저앉았다.

"아이고, 나 죽네!"

허둥대며 달리다 발을 접질린 모양이다. 얼굴이 오만상이 되어 바닥에서 굴렀다.

"쉿! 도련님, 순라군이 이쪽으로 오면 어쩌려고 그러세요."

그 말에 겁에 질린 유성은 발목만 부여잡은 채 아무 소리도 못 냈다. 다급해진 보단이 어떻게든 빠져나갈 구석을 찾아 두리번거리는데 길 막다른 곳 한쪽에 허름한 창고 문이 열려 있었다. 일단 거기에라도 피해 보자 싶어서 간신히 유성을 부축해서 숨어들었다. 땀과 먼지로 범벅이 된 두 사람은 가쁜 숨을 몰아쉬며 쌓여 있는 상자들 사이에 쪼그리고 앉았다. 보단이 한참을 바깥소리에 귀 기울이다가 문득 유성을 돌아보니 숨죽여 울먹이고 있었다. 그 꼴이 하도 딱해서 우습기도 하고 한심해 보였다.

"도련님, 잠깐 여기 있어 봐요. 내가 골목에 나가 볼 테니."

"보단아! 너 꼭 돌아와야 한다!"

혹시라도 보단이 혼자 가 버릴까 봐 겁먹은 모습을 보니 측은한 생각마저 들었다. 저렇게 모자라고 어리숙한 녀석이 무슨 이득을 보겠다고 시장판 거래에 말려들었는지, 보단은 어이가 없었다.

"염려 마세요."

보단은 퉁명스럽게 대답하고 조심스레 창고 밖으로 나와 골목 안을 살폈다. 어느새 주변에는 어둠이 내리고 순라군들의 단속도 지나갔는지, 저잣거리는 잠잠해져 있었다.

"도련님, 이제 괜찮은 것 같아요."

그 소리에 유성은 억지로 몸을 일으키려 했지만 발목이 아직도 아픈지 제대로 움직이질 못하고 도로 주저앉았다. 하는 수 없이 보단이 다가가서 부축해 일으켰다. 유성은 어지간히 겁먹은 모양이다. 이제는 아프다는 불평도 없이 보단에게 바짝 기댄 채 절뚝거리며 걸었다.

그런데 두 사람이 어느 골목길 모퉁이를 막 지날 때였다. 인삼 가게에서 만났던 왈패가 불쑥 튀어나와 다급하게 물었다.

"보단, 너 대장 어딨는지 봤어?"

"아니, 저만 살자고 정신없이 내빼던데 내가 어떻게 알아!"

보단이 쏘아붙였다. 그러자 왈패는 순라군에게 쫓길 때부터 망동이 보이질 않았다고 걱정을 늘어놓았다. 아무래도 잡혀간 듯하단다. 망동이 관아에 붙잡혔다면 혼자 뒤집어쓸 놈이 아니어서 걱정된다고 구시렁거렸다. 그제야 보단은 정신이 번쩍 들었다. 자신은 물론 유성도 무사하지 못하리라는 생각에 등골이 서늘해졌다. 그러나 지금 할 수 있는 일은 없었다. 보단은 무거운 마음으로 중촌으로 접어들었다.

"야! 너, 내가 말할 때까지 입 다물어. 네가 먼저 아버지께 입만 뻥끗했다가는 나한테 죽을 줄 알아."

집 앞에 다다른 유성은 이제 좀 안심이 되는지 보단을 윽박질렀다.

간신히 유성을 부축해서 안채로 들어가자, 집 안이 발칵 뒤집어졌다. 유성의 모습에 놀란 마님은 호들갑을 떨었다.

"아니, 유성아! 네 꼴이 이게 뭐냐! 보단이 네 이놈 도대체 도련님을 어찌 모셨단 말이냐!"

화살이 보단에게 날아왔다. 마침 행랑채에서 뛰어나온 어머니와 여주댁도 놀라서 발을 동동 굴렀다. 곧 행랑아범이 의원을 부르러 달려가고 유성은 방으로 들어갔다.

보단은 한동안 안채 마당에 서 있다가 어깨가 축 처진 채 행랑방으로 돌아왔다. 바닥에 털썩 누우니 불안이 몰려왔다. 그동안 망동 같은 놈과 엮이는 것이 마음에 걸렸지만 돈을 모으는 재미에 빠져 유성이 어떤 일을 벌이고 있는지 미처 살피지 못했다. 그저 철없이 시정잡배와 어울리겠지 싶었는데, 인삼 밀거래에 말려들다니, 도대체 생각이 있기나 한 걸까? 그나저나 저렇게 한심한 유성에게 그동안 밀거래에서 통변해 준 일을 들키다니.

'어떡하지? 이대로 넘어갈 수 있을까?'

얼마쯤 지났을까, 어머니가 툇마루에 오르는 소리가 들렸다. 보단은 얼른 이불을 뒤집어쓰고 자는 척했다.

누명

"그 망동이란 놈이 험하기가 이를 데 없어서 유성을 물고 늘어지면 저희도 어쩔 도리가 없습니다."

이른 아침부터 사랑채로 불려 나가 보니 이미 방문 앞에서 유성과 마님이 안절부절못하고 있었다. 홍 역관은 누군가와 어제 칠패 시장에서 벌어진 일을 이야기하고 있었다. 어영청 순라군들이 망동을 잡았는데 난데없이 유성이 밀거래를 주도했다고 고자질했단다. 망동이 워낙 악명이 높아 관아에서 그 말을 다 믿지는 않더라도 곧 조사를 시작할 수밖에 없다며 걱정했다. 방 안에서 흘러나오는 소리에 보단은 앞이 막막해졌다.

그때 유성이 갑자기 방문을 벌컥 열면서 소리를 높였다.

"아버지, 보단이 때문이에요. 저놈이 돈 몇 푼 벌자고 망동이 놈과 작당하는 바람에 저까지 말려든 거라고요."

"네 이놈! 밖에서 기다리라고 했지?"

홍 역관은 기가 막힌다는 듯이 버릇없는 유성을 쏘아봤다. 잠시 뒤 홍 역관과 이야기를 나누던 사람이 돌아가고 유성과 보단이 방으로 불려 들어갔다. 마님도 따라 들어왔다.

홍 역관은 노여운 얼굴로 유성에게 물었다.

"돈은 어디서 난 게냐?"

"저놈이 몰래 청나라 상인들 통변해서 번 돈을 불려 달라고 저한테 맡겼어요. 한몫 잡아 자기 줘야 한다고."

홍 역관이 엄하게 추궁하자 유성은 어떻게든 빠져나가려고 없는 말까지 지어냈다. 보단은 기가 막혀 반박할 기운도 없이 유성을 물끄러미 바라봤다. 그러자 홍 역관이 이번에는 보단을 추궁했다.

"정말 유성이가 인삼 거래에 돈을 댄 것이 맞느냐? 왜 진작 나에게 말하지 않았느냐?"

평소 보단에게 자애롭던 홍 역관이 아니었다. 굳은 표정의 홍 역관 앞에 꿇어앉은 보단은 앞이 아득해졌다.

마님은 더 가관이었다. 보단을 한 대 치기라도 할 듯 부들부들 손을 떨었다.

"머슴 주제에 어디 감히 만주어를 통변한다고 난리 치다가 이 사달을 만드느냐? 네가 어떻게 꼬드겼길래 우리 유성이가 이런 모함을 받는단 말이냐!"

마님의 아우성에 홍 역관이 얼굴을 잔뜩 찌푸렸다.

"그만 좀 하시오, 부인은 유성이 데리고 좀 나가서 기다리시오."

"아니, 영감은 아직도 저놈을 두둔하시는 겁니까? 저놈 아비에게 그까짓 신세를 좀 졌기로 그렇게 싸고도니, 끝내 이런 일까지 벌인 거 아닙니까?"

마님은 급기야 남편 홍 역관까지 원망하기 시작했다.

"아니, 부인은 어떻게 그런 말씀을 하시오? 내 목숨을 구해 준 게 그까짓 신세란 말이오?"

두 사람이 보단의 아버지를 언급하며 잠시 언쟁을 했다. 아버지가 홍 역관의 목숨을 구했다니, 보단은 처음 듣는 이야기였다. 그러나 보단은 한 마디도 하지 못하고 고개를 수그리고 있어야 했다.

마님은 어려서부터 보단을 못마땅해했다. 금지옥엽 늦둥이 외아들 유성이 매사에 우둔한 데 비해 동갑내기 보단은 키도 월등히 크고 혼자서 천자문을 익히는 등 영특해서 주변 사람들에게 인정받는 것이 불쾌했다. 특히 홍 역관이 보단 모자를 챙겨 주는 일이 영 마음에 들지 않았는데, 이런 일까지 벌어지고 나니 감정이 폭발했다.

"뭐 하러 저런 천한 것들을 집에 들여 이 꼴을 만드시는 겁니까? 애초에 같이 나선에 보내 버리고 말지!"

"나가라고 하지 않았소!"

참다못한 홍 역관이 버럭 화를 냈다. 마님은 홍 역관의 기세에 놀라 하는 수 없이 아직도 쩔뚝이는 유성을 부축해서 사랑방을 나갔다.

“자, 이제 사실대로 고하거라.”

잠시 뒤 홍 역관은 낮고 차분한 어조로 물었다. 보단은 선뜻 입을 열지 못했다. 무슨 말부터 꺼내야 할지 차마 입이 떨어지지 않았다. 그러나 유성의 잘못까지 뒤집어쓰고 싶지는 않았다. 최대한 평온해지려고 애쓰며 그간 망동과 있었던 일을 고백했다. 망동의 협박으로 거래를 통변하게 되었던 일이며 내심 불안하긴 했지만, 사실 돈을 벌어 어서 독립하고 싶어서 계속 끌려다닐 수밖에 없었다는 말도 담담하게 털어놓았다. 그리고 배오개에서 유성이 망동 무리와 어울리는 모습을 목격한 일이며, 자기 돈을 여러 차례 얻어 간 사실 그리고 어제 칠패에서 망동의 농간에 넘어갔던 일, 순라군을 피해 유성을 데리고 도망했던 일들을 침착하게 설명했다.

묵묵히 보단의 말에 귀 기울이던 홍 역관이 낮게 한숨을 토했다.

“보단아, 왜 너 혼자 그 짐을 다 졌던 게냐? 네 아비도 그러더니만….”

화를 내는 것이 아니라 다독이는 목소리였다. 그 바람에 보단의 눈에서 참고 있던 눈물이 터졌다. 그동안 마음 한편에서 아버지처럼 의지했던 홍 역관을 실망하게 하고 위기를 만들었다는 자책과 후회가 몰려왔다.

“나리, 제가 잘못했습니다. 죄송합니다. 벌을 주시면 달게 받겠습니다.”

보단은 홍 역관의 침통한 표정에 목이 메어 더 이상 말을 잇지 못했다. 홍 역관도 보단을 안타깝게 바라볼 뿐이었다. 아무리 유성이 핑계를 댔어도 결국 유성을 위기에서 구해 온 것은 보단이 아닌가?

"일단 너는 오늘 밖에 나가지 말고 집에 있거라."

자리에서 일어나며 보단에게 이르는 홍 역관의 목소리가 한결 부드러워졌다.

"네, 나리. 그런데 푸이는…."

"내가 연락하마. 어디 밖으로 나가면 안 된다."

홍 역관은 대대로 이어 온 역관 집안의 평판을 자식놈 때문에 하루아침에 잃게 될지 모른다는 불안감에 서둘러 밖으로 나갔다. 어떻게든 사건을 수습해야 했다.

보단도 행랑채로 돌아왔다. 어머니는 궁금한 것이 많은 얼굴이었지만 아무것도 묻지 않고 죽 한 그릇만 방에 넣어 주었다. 그러나 보단은 죽이 차갑게 식도록 먹을 정신이 없었다. 방 한구석에 힘없이 기대앉아 지난 과정을 곰곰이 생각해 보았다. 우연히 청나라 상인들의 거래를 통변해 주면 돈을 벌 수 있다는 사실을 알게 되었다. 사역원에서 어깨너머로 익힌 만주어로 망동을 도와 돈을 모았다. 그 돈으로 시장에 가게라도 한 칸 얻어서 어머니의 고단한 행랑살이를 그만두게 하고 싶었다. 이제 꽤 돈이 모여서 곧 지겨운 머슴살이도 벗어날 수 있을 듯했다. 그런데 어디서 일이 잘못된 걸까?

'결국 나는 안 되는 거였어?'

인정하고 싶진 않지만, 그간 품어 왔던 희망과 애쓴 노력의 결과가 순식간에 사라지는 것 같았다. 서러움이 몰려들었지만 보단은 울지 않으려고 애쓰며 마음을 다졌다.

'벌주면 받아야지 뭐. 하지만 유성이 놈 잘못까지 뒤집어쓰진 않을 거야. 내가 왜 그래야 하는데?'

그때 밖에서 놀란 어머니의 목소리가 들렸다.

"마님, 어떻게 여기까지?"

"보단이 안에 있지? 내가 들어가 보겠네."

마님은 어머니가 뭐라고 말하기도 전에 방문을 벌컥 열었다. 그리고 보단이 미처 일어나기도 전에 들어서더니 방 한가운데에 자리를 잡고 앉았다.

"보단아, 이리 와 앉거라!"

웬일인지 사랑방에서와는 전혀 다르게 목소리도 차분하고 억지 미소까지 지었다. 그 낯선 모습이 오히려 보단을 불안하게 했다. 이윽고 마님은 엉뚱하게도 아버지 이야기를 꺼냈다.

"보단아, 네 아비가 어찌 되었는지 아느냐?"

"…."

"네 아비가 쓸데없이 다른 사람 보증 서 주다가 재산도 다 잃고 오갈 데 없어진 것을 우리 나리께서 거두어 주신 거 아니냐?"

보단은 아버지가 왜 갑자기 떠나셨는지 이제 좀 이해가 되었다.

"다시 돈 좀 모아 오겠다고 길을 떠난 후 소식도 없는 건 너도 알 테고, 나리께서 곧 네 아비의 행방을 찾아 데려오실 거다. 그때 너희가 이 집에 없다면 어떻게 되겠느냐?"

"무슨 말씀이세요?"

마님의 난데없는 말에 의아해진 보단이 묻자, 애써 부드러운 척하던 마님의 표정이 다시 굳어졌다.

"네 아비가 돌아올지 말지는 바로 네게 달렸다는 말이다. 이번에 일이 잘못되면 네 어미도 너도 다시는 아비를 못 만날 것이다. 알겠느냐?"

"네? 왜요?"

"오늘이라도 당장 너희를 이 집에서 내칠 것이다. 유성이를 이리 곤경에 빠뜨리고도 네가 편히 살 줄 알았느냐? 도성 안에 너희가 발붙이고 살도록 내가 그냥 둘 것 같으냐?"

보단은 기가 막혔다. 마님의 억지소리에 화도 났지만, 괜히 자기 때문에 어머니에게 화가 미친다는 사실을 참을 수 없었다. 마님이 보단의 흔들리는 마음을 눈치챘는지, 소리를 누그러뜨리며 달래듯 말하기 시작했다.

"네 어미는 이 집을 나가면 돌아갈 곳도 없다. 누가 이방인과 혼인한 네 어미와 도깨비 같은 너를 반기겠느냐? 그러니 어찌 되었든 네 아비를 여기서 기다려야 한다. 알겠느냐?"

보단은 이렇게 말하는 마님의 의도가 무엇인지 짐작이 갔다.

"네가 유성이를 꾀어 이번 사건을 주동한 것이 아니냐? 돈도 제법 모았다며? 그 모갯돈을 다 날리고 싶진 않겠지?"

"…."

"네가 관아에 그리했다고 자백만 해라. 그렇게만 해 주면 네 돈도 보전해 주고, 여기서 아비를 기다리게 해 줄 테다. 그래, 네 어미도 일을 줄여 주마. 그저 여기서 편히 네 아비를 기다려라. 어떠냐?"

그때 갑자기 문이 벌컥 열리며 어머니가 급하게 들어와 마님에게 항변했다. 보단은 한 번도 들어 보지 못한 격앙된 목소리였다.

"마님, 어떻게 아이에게 그런 말씀을 하십니까? 아니 됩니다. 차라리 저희가 이 집을 나가겠습니다. 보단이는 자기 재주로 통변해서 푼돈이나 얻었을 뿐입니다!"

"자네와 입씨름할 때가 아닐세. 보단아, 네가 결정하거라."

그리고 마님은 급하게 일어났다. 보단은 아무 말도 할 수가 없었다.

마님이 방을 떠나자 어머니는 방바닥에 털썩 주저앉으며 울음을 터뜨렸다.

"보단아, 미안하다, 네가 어미를 잘못 만나서…."

"엄니, 무슨 말씀이세요? 왜 엄니 잘못이에요? 제가 잘못했어요. 진작 엄니 말씀을 들어야 했는데."

보단이 어머니를 부둥켜안고 함께 울면서 위로했다. 이게 다 아버지 탓이란 원망을 차마 드러낼 수는 없었다.

얼마 뒤 어머니는 평정을 되찾고 말했다.

"보단아, 아무래도 여길 떠나야 할 때가 온 것 같구나."

어머니는 무언가 단단히 각오한 듯 말했다. 보단이 그 말에 깜짝 놀라 물었다.

"떠나다니요? 어디로 가요?"

"어미 고향 양평으로 가자. 가난한 산골이긴 해도 네 외조부가 남기신 조그만 농막도 있단다. 우리 두 사람 끼니야 잇지 못하겠니? 더 이상 험한 꼴 보지 말자!"

어머니는 벌떡 일어나더니 반닫이에 넣어 둔 비단이며 보단의 돈주머니까지 다 꺼내기 시작했다.

"이런 것들이 다 무슨 소용이냐? 너만 무사하면 된다. 이런 것들 다 여기 던져 주고 내일 떠나자. 아니다, 지금 당장 여기서 나가야겠다!"

보단은 어머니가 흥분한 모습을 생전 처음 보았다. 평소 감정을 잘 드러내지 않는 어머니였기에 그 모습이 낯설기만 했다.

"엄니, 짐은 제가 쌀게요. 지금은 좀 쉬세요. 저는 괜찮아요."

보단이 어머니를 다독이며 어떻게든 진정하도록 애썼다. 하루 종일 마음 졸이며 긴장했던 어머니는 기가 다 빠진 듯 힘없이 방

바닥에 주저앉았다. 얼른 어머니를 보듬어 안은 보단은 만감이 교차했다. 어머니를 이 집에서 빈손으로 나가게 할 수는 없다고 다짐하며 야윈 어머니 어깨를 하염없이 다독였다. 그러나 도대체 뭘 어떻게 해야 할지 머릿속이 깜깜해졌다.

불현듯 아버지가 생각났다. 이렇게 힘들 때 함께 있어야 하지 않나 하는 원망이 불쑥 입에서 튀어나왔다.

"엄니, 도대체 아버지는 왜 우릴 버리신 거예요?"

느닷없는 물음에 어머니는 즉시 대답하지 못하고 보단을 물끄러미 바라보았다.

"보단아! 아버지는 우리를 버리신 것이 아니야."

"그럼 왜 소식조차 없으신 거예요?"

"보단아, 아버지가 가신 나선이라는 나라는 조선과는 비교할 수 없을 정도로 광대하다더구나. 걷거나 말을 타고 쉽게 접근하기 힘든 지역도 많다더라. 그 넓은 곳을 다니시면서 거래하다 보면 어려움도 많을 테고, 쉽게 연락하실 수 없을 거야."

"그렇다고 몇 년 동안 기별도 안 하시는 건 너무하잖아요?"

보단은 혹시 어디선가 아버지가 돌아가셨을 수도 있겠다는 생각이 들었지만 차마 입 밖으로 내진 못했다. 어머니도 그 마음을 알았는지 눈물을 글썽이며 보단을 얼싸안았다.

"보단아, 좀 나와 봐라."

얼마나 시간이 지났을까, 겁에 질린 듯한 여주댁 아주머니의 목소리가 들렸다. 문을 살짝 열고 보니 마님이 관아에서 나온 포졸들과 함께 행랑채에 나와 서 있었다. 홍 역관이 일을 알아보러 나간 사이에 급히 불러온 모양이었다. 영문을 모르는 행랑채 식구들이 불안한 듯 웅성거렸다. 보단이 급히 밖으로 나오며 문을 닫았다. 어머니가 이 광경을 보지 않기를 바랐다.

보단이 툇마루를 미처 내려오기도 전에 포졸 한 명이 앞으로 나서면서 추궁했다.

"네가 칠패시장에서 인삼 밀거래를 주동했다는 보단이가 맞느냐?"

보단이 얼른 무리 중에서 홍 역관을 찾았지만 보이지 않았다. 기다리라던 홍 역관의 말을 믿고 싶었는데, 그나마 의지할 데가 없어진 셈이다.

"글쎄, 저놈이라니까! 그동안 나리께서 거두어 준 공도 모르고 고약한 일을 벌이고 다니다니."

마님의 날카로운 비난이 쏟아졌다.

입술을 꽉 깨물고 망설이던 보단이 마침내 입을 열었다.

"네, 접니다. 제가 그랬습니다."

"저런, 저런! 어쩌려고…."

행랑채 식구들의 웅성거림이 커졌다. 뒤따라 방에서 나온 어머니는 그 소리를 듣고 몸을 휘청거렸다.

"어서 저 아이를 끌고 가시오. 집안이 뒤숭숭해서 원!"

마님은 홍 역관이 돌아오기 전에 보단을 내보내려는 듯 서둘렀다.

보단은 순순히 포졸들의 오랏줄에 손을 내주었다.

이때 마침 홍 역관이 집으로 들어섰다. 예상치 않았던 상황에 적잖이 놀란 표정으로 물었다.

"이게 다 무슨 일이냐?"

"영감, 이제 돌아오셨구려. 글쎄 보단이 놈이 다 자백했습니다. 이제 일이 잘 마무리된 듯합니다."

마님은 홍 역관을 밀다시피 사랑채로 이끌며 과장되게 소리를 높였다.

포졸들이 오랏줄에 묶은 보단을 집 밖으로 끌고 나가는데, 어머니가 소리 높여 울부짖으며 홍 역관에게 매달렸다.

"나리, 보단이를 살려 주세요. 제발 이렇게 빕니다. 마님, 여기 이거 다 드리겠습니다. 부디 보단이를 놓아주세요."

보단은 어머니의 울부짖음을 아득히 뒤로한 채 포도청으로 끌려갔다.

살아 내거라!

포도청에 잡혀 온 보단은 제대로 된 문초도 못 받고 매질부터 당했다. 뭐라고 변명하거나 상황을 설명할 기회조차 없었다. 애초에 공정한 대우를 기대한 것도 아니지만, 보단의 생김새까지 들먹이며 나라의 귀한 자원을 오랑캐에게 빼돌린 첩자 취급까지 했다. 속수무책으로 당하는 보단은 마치 꿈꾸는 것 같았다. 얼른 떨치고 깨어나고 싶었지만 악몽은 계속되었다.

"네 아비는 어느 나라 사람이냐? 지금 어디 있느냐? 인삼 말고 또 무엇을 빼돌렸느냐?"

보단은 이 마당에 왜 아버지며, 자기 외모를 문제 삼는지 이해할 수 없었다.

"저는 통변해 주고 돈을 좀 받았을 뿐입니다. 청나라 상인들의 밀거래를 도운 것이 죄라면 벌을 달게 받겠습니다. 그런데 제가 또 무슨 내통을 했단 말씀입니까?"

처음엔 보단도 당당하게 맞섰다. 마님 협박으로 하는 수 없이 죄를 덮어쓰겠다고 작정했지만 말도 안 되는 모함은 참을 수 없었다. 어려서부터 외모로 놀림당한 것도 모자라서 이제는 범죄자 취급이라니. 그러나 누구도 보단의 항변에 귀를 기울이지 않았다.

"뒤를 잘 캐내야 해. 저 도깨비 같은 놈이 뭔 짓은 못 했을까?"

"허허, 조선말은 또 어찌 그리 잘하누!"

당연하지 않은가? 어머니가 조선인이고, 이 땅에서 나고 자랐는데 왜 조선말을 하는 것이 신기한 일일까?

'그래, 결국 나는 근본 없는 코쟁이 머슴에 불과했어.'

보단은 고약한 냄새가 나는 옥 바닥에 널브러져 저절로 터져 나오는 신음을 참으려 애썼다.

"어린놈이 무슨 일로 잡혀 온 게냐?"

"거참! 해괴망측하게도 생겼네. 너 조선 놈 맞냐?"

"대답 좀 해보라니까!"

먼저 투옥된 사람들이 궁금함을 감추지 못하고 치근거렸지만, 보단은 아예 벽을 향해 몸을 돌려 누웠다.

"아으으윽!"

아무리 참아도 앓는 소리가 저절로 새어 나왔다. 그동안 고뿔 한 번 안 걸려 본 건강한 몸이 안 쑤시는 곳 없이 결려 왔다.

그 후로도 내리 사흘 동안 보단은 문초장에 불려 나가 고신(고

문)을 받아야 했다. 포졸들은 의자에 묶인 보단의 다리를 신장(몽둥이)으로 내리치며 인삼 밀거래에 관련된 자들을 대라고도 하고, 어이없게도 오랑캐나 남만인들과 내통한 사실을 자백하라고 강요하기도 했다. 보단은 단지 유성 대신 잡혀 왔을 뿐인데 인삼 밀거래의 자세한 내막을 알 리가 없었다. 망동이 어떤 수작을 부렸는지 보단은 답답하기만 했다.

"저는 망동이 놈이 통변해 달래서 도왔을 뿐입니다."

똑같은 대답을 몇 번이나 했는지 모른다. 그러나 관원 중 누구도 보단의 말에 귀 기울이지 않았다. 포졸들끼리 수군대는 소리를 듣자니 요즘 부쩍 청나라와 인삼 밀거래가 늘어났단다. 범인을 색출하려 의금부까지 나섰지만 워낙 비밀리에 조직적으로 이루어지는 터라 손을 쓸 수가 없는 모양이었다. 그런데 마침 난데없이 이상하게 생긴 보단이 나타난 것이다. 만주어까지 능숙하게 하는 데다가 도성 내에는 보단의 편이 되어 줄 연고도 불확실하다 보니, 만만한 희생양 하나를 얻은 셈이었다.

사람들에게 이방인 취급을 받는 일이 처음은 아니지만 근거 없는 모함이 단지 외모 때문이라니, 보단의 마음속에선 억울함보다 기별조차 없는 홍 역관을 향한 원망이 더 컸다. 그렇다고 유성이 가담한 사실을 실토하진 않았다. 그놈을 위해서가 아니라 어머니 때문이었다.

'엄니는 괜찮으실까?'

옥에 얼마나 갇히게 될지 모르지만, 매를 좀 맞거나 굶는 것쯤은 참을 수 있었다. 그러나 어머니가 목 놓아 울던 모습이 자꾸 떠올라 점점 더 마음이 힘들어졌다. 보단은 대신 자백만 해 주면 어머니를 보호하겠다는 마님의 말을 지푸라기라도 잡는 심정으로 믿으려 애썼다. 그러나 당치도 않은 신문과 이어지는 매질로 그나마 품었던 희망을 잃어 갔다.

'이젠 정말 모든 게 끝난 걸까? 세상은 왜 나에게만 이렇게 모질까? 왜 아무도 나를 믿어 주지 않을까?'

별의별 슬픈 생각이 다 들었다.

불과 며칠 전까지만 해도 보단은 거의 다 됐다고 내심 좋아했다. 남 보란 듯이 어머니 모시고 행랑채를 나오는 상상을 몇 번이나 했는지 모른다. 아버지 없이도 당당하게 시장통에서 이름을 내며 잘살 수 있다는 것을 꼭 보여 주고 싶었다. 자기 생김새를 놀려대던 사람들을 비웃어 주고 싶었다. 그런데 갑자기 모든 희망이 뜬구름이 되어 날아가 버렸다.

'그게 그렇게 벌 받을 일이었나? 내겐 안 되는 일이었던 거야?'

보단은 아무리 마음을 다잡아도 스며드는 절망감에 몸을 떨었다. 사흘이 되도록 물조차 제대로 먹지 못해서인지 온몸의 감각이 무뎌져 갔다. 옥사 안에 스며드는 찬 공기를 막으려 몸을 웅크리고 억지로 잠이라도 자 보려 애썼지만 허사였다. 이번에는 푸이와 박연 대장 생각이 머리 한구석에 들어앉았다. 철든 이후 처음으로 호

의를 보여 주던 두 사람이었다. 그런데 그동안 망동과 벌인 일들을 알게 되었으니 더 이상 만나고 싶어 하지 않을 것이다.

'나한테 실망했을 거야!'

다른 사람들처럼 두 사람도 형편없는 이방인 머슴일 뿐이라고 보단을 경멸할지도 모른다. 이런저런 슬픈 생각으로 눈물이 저절로 흘러내렸다. 박연 대장의 자상한 웃음소리며, 끊임없이 질문을 쏟아 내던 푸이의 유쾌하고 활달한 목소리가 귓가에 맴돌았다. 어려서부터 보단은 여간해서 남에게 마음을 열지 않았고, 누구도 가까이한 적이 없었다. 그런데 어쩌다가 이렇게 두 사람에게 마 음속 큰 자리를 내주고, 그들을 그리워하게 되었는지 보단 자신도 놀라웠다.

어느새 깊은 어둠이 내리고 감옥 안에는 죄수들이 내는 신음과 코고는 소리만 들려왔다.

"어이, 거기 남만 도깨비, 너 좀 나와라."

날이 밝자 포졸이 보단을 불렀다. 보단은 멀쩡한 이름을 놔두고 코쟁이며 도깨비로 불리는데 이골이 나서 그러려니 하며 간신히 몸을 일으켰다. 벌써 그 지겨운 신문이 시작되려는 모양이었다. 매번 똑같은 소리를 해야 하는데 왜 자꾸 불러 대는지 가슴이 답답해졌다.

그런데 포졸은 매일 가던 옥사 앞 문초장이 아니라 관아 뒤채로 보단을 데려갔다.

"저리로 들어가 봐라. 그런데 너 같은 놈한테 저렇게 지체 높은 양반이 왜 찾아온 게냐?"

포졸은 작은 방문 하나를 가리키며 의아한 듯 물었다. 어리둥절한 보단이 방문을 조심스럽게 열었다. 놀랍게도 그 안에는 박연 대장이 앉아 있었다. 전혀 예상하지 못한 일이라 보단은 문 앞에서 몸이 얼어붙어 움직이질 못했다.

"어서 들어오거라, 보단아!"

오랜만에 듣는 자애로운 목소리에 보단은 눈물이 핑 돌았다.

"몸이 많이 상했구나!"

보단은 목이 메어서 대답할 수 없었다. 방 안에 들어서서 무릎을 꿇으려는데 통증 때문에 저절로 얼굴이 찡그려졌다.

"그냥 편히 앉거라. 괜찮다."

박연 대장은 몸을 반쯤 일으키며 보단을 부축해서 조심스럽게 바닥에 앉게 했다. 보단의 모습에 충격받은 듯 그의 표정에는 안쓰러움이 가득했다. 두 사람은 얼마 동안 서로 입을 뗄 수 없었다.

그때 밖에서 인기척이 나더니 누군가 소반 하나를 들고 방에 들어섰다.

"고맙소. 여기 놓아 주시오."

박연 대장은 보단이 앉은 쪽에 소반을 놓게 했는데, 그 위에 김이 나는 미음 한 그릇이 놓여 있었다.

보단이 의아해하자 박연 대장이 수저를 손에 쥐여 주며 말했다.

"내가 물어볼 것이 있어서 찾아왔느니라. 일단 이것부터 좀 들거라. 기운을 좀 차리고 이야기하자!"

"대장 나리, 죄송합니다."

"알았다. 어서 먹기부터 하거라."

박연 대장의 재촉에 보단은 수저를 잡았다. 첫술에는 입이 깔깔하고 당최 무슨 맛인지도 모르겠더니, 따뜻한 미음 한 모금이 목으로 넘어가자 참았던 허기가 갑자기 몰려왔다. 대장의 마음까지 오롯이 전해졌다. 어느새 한 그릇을 다 비운 보단은 문득 민망한 생각이 들어 박연 대장을 바라보았다. 그가 빙그레 미소를 짓고 있었다.

"보단아! 네가 정말 인삼을 밀거래했느냐?"

"…."

"나는 네가 벌인 일이라고는 믿기지 않는구나. 그런데 일이 이상하게 흐르는 것 같아 염려된다. 망동이 말고도 접촉한 자가 있었느냐?"

"아닙니다, 나리! 다 제가 했습니다. 어머니 좀 편히 모시려면 장사 밑천이 필요했어요. 어차피 남만 도깨비 자식인 제가 그밖에 뭘 할 수 있겠어요."

보단은 억울함이 몰려와서 마음과 달리 퉁명스럽게 대꾸하고 말았다. 그러나 박연 대장의 얼굴을 똑바로 보지 못한 채 눈물을 쏟기 시작했다.

"네가 속에 맺힌 것이 많구나!"

"제 아비가 나선 사람인 것이 왜 잘못인가요? 단지 제 겉모습만 보고 어떻게 죄인 취급을 하며 없는 죄를 덮어씌우나요?"

"그래서 네가 청나라 상인들과 내통했다는 말이 나온 게냐?"

"여기 와서 처음 들었습니다. 제가 다른 것도 다 청나라에 내다 팔았다고."

박연 대장은 이제야 보단의 사건이 왜 꼬이고 있는지 이해되는 듯 고개를 끄덕였다.

"나리, 저는 통변하며 돈을 모은 것이 이리 큰 죄가 될 줄은 몰랐습니다. 제가 어리석었습니다. 저는 그냥 어머니를 편히 모시려 했을 뿐인데…."

보단은 끝내 말을 잇지 못하고 목 놓아 울고 말았다. 한참 동안 기다리던 박연 대장이 보단의 손을 따뜻하게 부여잡으며 당부했다.

"어찌 돌아가는지 이제야 짐작이 되는구나. 그래도 보단아, 진심은 언제나 통하느니라. 행여 의금부로 이송되더라도 언제든 정직하게 사실대로만 말하거라."

"나리, 저는 이제 무엇이 진실인지 잘 모르겠습니다. 게다가 제가 풀려나면 우리 어머니는 갈 곳이 없어져요. 아버지 오실 때까지는 한양에 있어야 해요."

의금부까지 갈 수 있다는 말에 보단은 덜컥 겁이 나 애원하듯 매달렸다. 사실대로 말했다가 홍 역관 집에서 내쳐질 어머니가 더 걱정되었다. 이제 돈도 다 빼앗겼으니 어디 갈 데도 없지 않은가?

"보단아, 홍 역관을 믿어 보거라. 지금 부지런히 네 구명을 하고 있으니 조금만 더 견디거라."

박연 대장은 연민이 가득한 눈빛으로 보단을 바라보며 홍 역관 이야기를 전했다.

'나리께서 날 구해 주려 하신다고?'

홍 역관에게 버려진 줄 알았던 보단은 조금이나마 숨통이 트이는 것 같았다.

"나리, 저는 옥에 살아도 괜찮습니다. 울 엄니나 좀 도와주세요!"

박연 대장이 울먹이는 보단을 한참 바라보다가 갑자기 말을 꺼냈다.

"보단아! 나도 한동안 옥살이를 했었다. 그때 나는 조선말을 못해 무슨 영문인지도 몰랐더랬지. 그저 며칠 동안 바다에서 표류하다가 간신히 뭍으로 올라와 물을 좀 얻고 싶었는데 말이다."

푸이와 만나러 다닐 때는 듣지 못했던 박연 대장의 과거 이야기였다.

"한양으로 와서는 말이다, 나는 하루가 멀다고 양반집 잔치에 불려 다녔다. 내가 신기하게 생겼다며 노래도 부르고 춤도 추게 하더구나. 그렇게 광대 노릇을 꽤 오래 하며 끼니를 이었지. 심지어 훈련도감에 온 후에도 고관대작이 부르면 꼼짝없이 가야 했고."

보단을 위로해 주고 싶었던 듯 담담하게 자신의 과거를 이야기 하던 박연 대장의 눈빛이 점차 흔들렸다. 오래된 기억이지만 여전히 떠올리는 일이 고통스러운 듯했다.

"아니, 대장님께 어떻게?"

박연 대장이 그런 수모까지 당했을 줄은 전혀 생각하지 못했다. 보단의 가슴이 먹먹해졌다.

'그래서 나를 각별하게 대해 주셨구나!'

박연 대장은 잠시 보단의 눈을 바라보더니 힘을 주어 천천히 말을 이었다.

"그래도 나는 그 긴 세월을 살아 냈느니라. 너도 살아 내거라. 네가 심어진 곳에서 꽃피우고 열매도 맺거라."

사 면

박연 대장이 다녀간 이후 대우가 조금 달라졌다. 끼니는커녕 물도 제대로 주지 않던 포졸들이 하루 한 번은 주먹밥을 넣어 주고 말도 걸었다.

"네가 난전 잡범인 줄 알았는데 뒷배가 대단하다며?"

"너 같은 놈이 어떻게 그런 연줄을 잡은 게냐?"

"어린놈이 간도 크다. 무슨 배짱으로 인삼 거래에 끼어들었느냐?"

행여 어머니 소식이라도 전해 듣고 싶어서 묻는 말에 대꾸하다 보니 보단은 포졸들과도 제법 친분을 쌓게 되었다. 그러나 기다리는 소식은커녕 언제까지 갇혀 지내야 하는지 그들도 잘 모르는 듯했다. 더군다나 웬일인지 요 며칠은 불려 나가 문초당하는 일도 없었다.

'홍 역관 나리께서 나를 구해 주실지 몰라.'

일전에 박연 대장이 해 준 말이 보단에게는 그나마 붙들고 있을 실오라기 같은 희망이었다.

그러던 어느 아침이었다.

"보단아!"

포졸이 웬일로 조용히 이름을 부르며 보단을 측은하게 바라보았다.

"오늘은 종사관 나리께서 대질 신문을 하신단다. 그나저나 너는 어쩌자고 그렇게 험한 놈하고 얽힌 거냐?"

망동 이야기를 하는 듯했다. 보단은 다리가 떨렸지만 애써 침착하려고 배에 힘을 주었다. 포졸의 뒤를 따라 들어간 포도청 뜰에는 긴장감이 감돌았다. 대청 앞에서 화려한 제복에 붉은 깃이 달 린 모자를 쓴 종사관 두 명이 서로 무엇인가를 의논하는데 그 표정이 심상치 않았다. 이른 시간인데도 구경꾼까지 제법 많이 모여 수군거리고 있었다.

"아하! 저놈이 망동이랑 한패였어?"

"만주어를 한다는 도깨비 머슴이구먼! 중간에서 통변만 한 것도 죄가 되나?"

"주인집 아들 죄를 덮어쓴 건 아니고?"

오랜만에 문초장에 끌려 나온 보단은 눈앞이 아찔했다. 옥에 갇힌 후에야 알았다. 외국과 몰래 거래하다 들키면 사형까지 당할 정도로 국법이 지엄하다는 것을. 만주어 통변 재주로 돈이나 좀 모으려 했던 보단은 일이 이렇게 크게 벌어질 줄은 상상도 하지 못했다.

'내가 너무 뭘 몰랐어.'

그러나 이미 때늦은 후회였다.

마당에 꿇어앉아 있던 망동이 힐긋 보단을 올려다보았다. 그동안 문초를 많이 당한 듯 처참한 몰골이었는데 눈빛에는 살기가 어려 있었다.

그때 뒤쪽에서 상인들로 보이는 사내 서너 명이 오랏줄에 묶인 채 마당으로 끌려 나오더니 통사정하기 시작했다.

"아 글쎄, 종사관 나리! 저희는 망동이 놈 말을 믿었을 뿐입니다. 청나라 상인과 거래 방법이 있다길래 도움을 좀 받을까 했습니다요. 저희가 정말 어리석었습니다. 제발 선처해 주십시오."

"나리, 저 망동이 놈이 떠돌이 잡상인들을 청나라 사행단이라고 속이는 바람에 저희가 눈이 어두웠습니다. 살려 주십시오!"

사내들은 오랏줄에 묶인 상태에서도 망동에게 달려들 기세였다. 한바탕 소란이 벌어졌다.

"시끄럽다! 죄지은 놈들이 무슨 말이 그리 많으냐!"

종사관의 불호령이 떨어졌다. 그러자 납작 엎드렸던 망동이 갑자기 목청을 높여 울부짖기 시작했다.

"억울합니다. 나리, 저는 정말 억울합니다. 천한 놈이라고 이리 누명을 씌우다니요.”

“누명이라니? 망동이 네 이놈! 네가 모의한 일로 조정에 큰 누를 끼쳐 놓고 아직도 핑계만 대는 것이냐?”

“아이고! 종사관 나리, 저야 돈 욕심 내는 시장 상인들에게 놀아난 것뿐입니다요. 저 같은 것이 어떻게 나랏일을 안단 말입니까? 정말 억울합니다!”

망동이 특유의 쉿소리로 부르짖자 종사관이 엄하게 꾸짖었다.

“시끄럽다. 나라 밖 상인들과 거래하는 것이 엄연히 금지되어 있거늘, 난전 상인들에게서 이득을 취하는 것도 모자라, 청나라에까지 나라의 귀한 약재를 빼돌리고도 네 죄를 모르겠단 말이냐!”

그러나 망동도 물러서질 않았다.

“나리, 저 같은 놈이 혼자 힘으로 어떻게 청나라 상인들과 접촉할 수 있단 말입니까? 만주어는커녕 언문조차 읽고 쓰지 못합니다.”

망동이 그 뾰족한 턱으로 보단을 가리키며 말을 이었다.

“나리, 저놈 모습 보셨지요? 저 도깨비 같은 놈이 나라를 팔아먹을 거래를 하는지 어떻게 알았겠습니까? 오랑캐들과 협잡하는데 제가 걸려들었을 뿐입니다요! 저놈이 누구와 내통하는지 알아내는 게 더 급합니다. 누가 압니까? 나라를 팔아먹으려 드는지.”

보단은 기가 막혔다.

‘역시 저놈 농간이었어!’

이제야 보단은 심문당할 때마다 인삼 말고 또 무슨 거래를 했는지, 뒷배가 누구인지 캐묻던 이유를 알 것 같았다. 청나라 사행단이 한양에 와 있을 때 망동이 그 일행으로 보이는 상인들과 인삼을 밀거래하려다 발각되었다. 그러자 망동은 만주어를 할 줄 아는 보단이 청나라 상인들과 내통해 왔다고 모함하며 엉뚱한 핑계를 댔고, 그 바람에 의금부까지 이 사건이 알려지게 되었다. 그래서 박연 대장도 일이 이상하게 커진다며 걱정하게 된 것이다.

잠시 뒤 종사관이 보단을 다그쳤다.

"저놈 말이 사실이냐? 네가 내통한 상인들이 정녕 사행단의 일원이란 말이냐?"

보단은 순간 가슴이 철렁했다. 푸이와 시장통에서 몇 차례 마주쳤던 망동이 뭐라고 모함했을지 모르는 일이다.

"나리, 제가 돈 욕심에 큰 죄를 지었습니다. 저를 벌해 주십시오."

"아직도 너 혼자 벌인 일이라는 게냐? 누구와 공모했는지 사실대로 고하거라!"

"너에게 돈을 댄 자가 누구냐? 망동이 말대로 홍 역관 댁 자제가 맞느냐?"

"아닙니다! 도련님은 제 말에 속아 돈을 변통해 주셨을 뿐입니다."

보단은 모든 것이 끝났다고 생각했다.

'엄니, 죄송해요!'

이해도 잘 되지 않는 문책들이 이어졌지만 보단이 할 수 있는 대답은 거의 없었다. 종사관의 표정이 더 굳어졌다. 이제 보단은 겁조차 나지 않았다. 어서 이 상황이 끝나길 바랄 뿐이었다.

그때였다. 뒤쪽에서 삐그덕 소리를 내며 대문이 열리더니 포도대장이 들어왔다. 웅성거리던 구경꾼들의 시선이 화려한 제복 차림의 포도대장에게 쏠렸다. 종사관들도 그를 맞이하기 위해 급히 자리에서 일어났다.

"나리! 의금부에 가신 일은 잘되었습니까?"

종사관들과 몇 마디 대화를 나눈 포도대장이 뒤따르던 포교에게 명을 내렸다.

"어서 모시도록 해라!"

그러자 포도청 뜰은 더욱 웅성거리기 시작했다.

"웬일이야? 저 사람들은 다 누구야?"

"청나라 사신들 같은데?"

"그런데 저놈들은 또 뭐야, 되놈들 아냐?"

"저 남만인은 훈련도감에서 본 거 같은데?"

청나라 사신들과 푸이가 대청을 향해 걸어 나왔다. 홍 역관과 박연 대장이 굳은 표정으로 뒤를 따랐다. 그들 뒤로 상인 복장을 한 청나라 사람들이 오랏줄에 묶인 채 포졸들에게 끌려 나오더니 마당에 팽개쳐졌다. 그들은 보단과 망동 사이에 꿇어앉으며 신음과 함께 걱정을 쏟아 내기 시작했다.

"어떻게 사행단이 우리를 찾아낸 거야?"

"저 망동이란 놈이 안전하다고 했잖아?"

"그나저나, 연경까지 끌려가면 살길이 없겠네."

그들을 본 망동과 조선 상인들도 몹시 당황하며 서로에게 비난을 퍼부었다.

"이놈아! 내가 너 같은 놈을 믿은 게 잘못이다."

"이 되놈들이 어떻게 사행단 일행이란 말이냐! 떠돌이 잡상인들인 걸 청나라 사행단 일행이라고 네놈이 속이는 바람에 이 사달이 난 거 아니냐!"

참고 있을 망동이 아니었다.

"아재들이 돈만 벌게 해 달라며 물건을 떠넘겨 놓고 인제 와서 왜 내 탓만 하는 게요?"

홍 역관은 청나라 사신들과 포도대장의 대화를 연신 통변해 주고 있었다. 그 와중에도 푸이는 계속 누군가를 찾는 듯했다. 그리고 마침내 보단과 눈이 마주치자 미소를 지었다. 그러나 얼굴에는 연민과 걱정이 가득했다. 보단을 위해 애써 웃어 보이려는 듯했다.

'아! 푸이구나! 어떻게….'

보단은 지치고 낙심한 나머지 눈조차 흐릿해져 자신이 헛것을 보나 싶었다.

포도대장이 대청으로 올라 한가운데 놓인 의자에 앉자 소란이

가라앉았다. 이어서 그의 불호령이 떨어졌다.

"망동이, 네 이놈! 네가 감히 시장 질서를 어지럽힌 것으로도 모자라서 청나라 사신단까지 모함하다니. 어찌 이 뜨내기 잡상인들이 청나라 사신들과 함께 온 상인들이란 말이냐. 자칫 양국에 큰 해가 될 뻔했다. 네 죄를 엄히 물을 것이다."

망동의 낯빛은 사색이 되고, 그와 공모했던 상인 무리는 신음을 쏟아 냈다. 한동안 죄인들의 구차한 변명이 이어졌다. 심지어 망동은 뻔뻔하게 대들기도 했다.

"아니, 어떻게 조선 백성은 안 돌보십니까? 그깟 되놈들 상대로 돈을 좀 뜯어낸 일이 뭐 그리 잘못입니까? 오히려 상 받을 일 아닙니까?"

순간 포도대장의 얼굴에 분노가 일었다. 그러나 망동은 악에 받쳐 소리를 질러 댔다.

"저런 이방인 놈들은 다 제 나라로 쫓아내고 조선 백성이나 돌봐 주십시오!"

구경꾼들 사이에서 혀를 차는 소리가 들렸다. 무슨 말인지 알아듣지 못하는 청나라 사신들에게 홍 역관이 통변해 주자 어이없다는 듯 망동을 보며 고개를 내둘렀다.

"시끄럽다 이놈! 조선을 위하는 자라야 조선 백성이다. 너같이 국법을 어기고, 공들여 쌓아 올린 청나라와 관계까지 망칠 뻔한 놈이 할 소리가 아니다."

이어서 포도대장이 명을 내렸다. 이들은 단순히 불법 거래만 한 것이 아니라, 뜨내기 밀거래 상인들이 사신단 일행이라는, 엄청난 거짓말을 했다. 그 바람에 조정에서 청나라 사신들이 불법 거래에 손을 댔다고 오해해서 자칫 청나라와 국교가 훼손될 수도 있었다. 엄중한 국법을 어긴 무리는 이제 곧 의금부로 압송되어 최종 판결을 받게 된다.

포도대장의 지엄한 선고에 마당에 있던 밀거래 상인들 사이에 한숨이 터져 나왔다.

"내가 저놈 때문에 죽게 되었구나!"

"아이고! 돈 몇 푼 더 벌려다가 골로 가는구나!"

보단 역시 절망감에 눈물을 쏟을 뿐이었다.

잠시 뒤 육모 방망이에 삼지창까지 갖춘 포졸들이 망동과 다른 상인 한 명씩을 끌고 나갔다.

보단은 차라리 눈을 감아 버렸다. 입이 바짝 타 마른침을 꿀꺽 삼키며 끌려 나가길 기다렸다.

그때 포도대장이 소리치듯 말했다.

"보단이는 듣거라! 네가 얄팍한 통변 재주 하나 믿고 겁도 없이 시장 밀거래에 끼어든 죄가 작지 않다. 그러나 본 사건인 인삼 밀거래에는 직접 관여하지 않은 사실이 밝혀졌다. 여태 왜 아무 말도 하지 않았던 게냐?"

보단은 뭐라 말하고 싶은데 입이 떨어지질 않았다. 어렴풋이 박연 대장이 눈에 들어왔다. 그 곁에는 홍 역관도 굳은 표정으로 서 있었다.

다시 포도대장의 말이 들려왔다.

"청나라 칙사께서 조정에 너의 사면을 청하셨다. 푸이를 구해주고 극진히 보살핀 덕에 조정에서 청나라 사신단들과 교류가 한결 수월해졌다고 들었다. 그 공이 작지 않구나! 게다가 박연 대장과 홍 역관까지 네 보증을 자처해 주시니 이번만큼은 특별히 방면하겠다. 앞으로 경거망동하지 말고 두 어른의 감독을 충실히 받아야 할 것이니라!"

우린 친구잖아!

보단은 집으로 돌아와 내리 잠을 잤다. 젖은 수건으로 몸을 닦아 주고 얼굴을 어루만지는 어머니의 손길을 느꼈지만 꼼짝도 할 수 없었다.

꿈인지 생시인지 아직도 포도대장의 목소리가 귀에 맴돌았다.

그때 누군가 보단을 흔들어 깨웠다.

"왜? 아직도 아파?"

꿈결인 듯 아득하게 푸이 목소리가 들렸다. 간신히 눈을 떠 보니 정말 푸이가 있었다. 얼마나 그리운 얼굴이었는지, 보단은 반가운 마음에 몸을 일으켜 보려 애썼다.

"그냥 누워 있어. 왜 이제야 눈을 뜨는 거야? 걱정했잖아."

푸이가 보단의 어깨를 다독이며 울먹였다.

"보단, 이제 정신이 드니?"

눈물이 그렁그렁한 채 연신 보단의 다리를 주무르는 어머니가 눈에 들어왔다. 그 모습을 물끄러미 바라보던 보단이 천천히 입을 뗐었다.

"엄니, 나 배고파요!"

그 말을 듣자 창백했던 어머니의 얼굴에 갑자기 화색이 돌았다.

"그래? 조금만 기다려라!"

어머니는 평소답지 않게 허둥거리며 방을 나가 부엌으로 향했다. 그러자 보단이 좀 회복되었다고 생각했는지 푸이가 특유의 밝은 목소리로 장난을 걸었다.

"너한테 그렇게 돈 버는 재주가 있는 줄 몰랐잖아!"

"무슨 소리야?"

"통변을 잘하는 줄은 알았지만, 돈까지 꽤 모았던데?"

"…."

푸이가 잠시 보단을 바라보다가 다시 물었다.

"이제 좀 괜찮아? 걸을 수 있겠어?"

"그럼, 나아질 거야. 그나저나 너는 여길 어떻게 왔어?"

"친구가 아픈데 당연히 와 봐야지, 안 그래?"

뭘 그리 당연한 말을 하냐는 듯 푸이가 환하게 웃었다. 그 모습에 보단도 오랜만에 얼굴이 밝아졌다. 잠시 뒤 푸이가 제법 심각한 표정으로 말을 이었다.

"너 나랑 연경에 같이 가자! 백부님이 같이 공부하게 해 주신대.

그 후엔 장사 밑천도 좀 대 주실 테니 우리 거상이 한번 되어 보자, 어때?"

"내가 어떻게?"

"너는 사역원에서 어깨너머로도 우리 말을 그렇게 잘 배웠잖아. 정식으로 공부하면 얼마나 더 잘하겠어? 서역 말까지 배워 보자. 그리고 온 세상을 다니며 돈을 끌어모으는 거야. 같이 갈 거지?"

보단의 가슴이 뛰었다. 여길 벗어나기만 해도 좋을 텐데. 공부도 하고 세상을 누비는 상인이 될 수 있다니, 그게 정말 가능할까? 그러나 설렘도 잠시뿐이었다.

'그래도 어떻게 엄니를 혼자 두고 가, 아버지도 안 계시는데.'

보단의 얼굴이 어두워지자, 푸이가 보채듯이 보단의 어깨를 흔들었다.

"빨리 대답해!"

"아야!"

그 바람에 가라앉던 몸의 통증이 가볍게 되살아나는 것 같았다.

"이런, 미안해. 괜찮아?"

"됐어. 안 아파, 푸이! 그런데 왜 나랑 같이 가자는 거야?"

그러자 잠시 보단과 눈을 맞추던 푸이가 해맑게 웃었다.

"우린 친구잖아, 당연히 함께해야지!"

어느 정도 회복될 무렵 홍 역관이 보단 모자를 사랑채로 불렀다. 뜻밖에 박연 대장까지 와서 두 사람을 반겨 주었다.

"몸은 좀 괜찮아졌느냐? 이만하길 다행이다."

"두 분께서 제 자식을 살려 주셨습니다. 이 은혜를 어떻게 갚아야 할지."

어머니는 큰절을 올리며 목이 메어 미처 감사의 말을 맺지 못했다.

"허허, 내가 한 일이 뭐 있겠소. 여기 홍 역관께서 사행단에게 도움을 요청했기 때문이지."

"무슨 말씀입니까? 대장 영감께서 병조며 의금부까지 친히 찾아 진상 조사를 부탁하지 않으셨습니까? 아무튼 여기서 일이 마무리되어서 다행입니다. 자칫 변고라도 있었다면 내가 보단이 아비를 볼 면목이 없을 뻔했습니다."

홍 역관이 대화 중에 갑자기 아버지 이야기를 하면서 보단을 돌아보았다.

"보단아! 진작 네 재주를 살펴서 길을 열어 주어야 했는데 내가 경황이 없었다. 유성이 때문에 네가 고초를 겪게 해서 미안하구나!"

보단은 왜 갑자기 홍 역관이 자기에게 사과까지 하는지 이해하기 힘들었다. 어머니 눈에 눈물이 맺혔고 박연 대장도 의아한 듯 홍 역관을 바라보았다.

"오래전 일입니다. 제가 처음 연경에서 팔포 인삼 거래를 하다가 상인들의 농간에 사기를 당했습니다. 게다가 강도들에게 잡혀 다 죽게 된 것을 보단이 아비가 구해 주었답니다. 그래서 우리 인연이 시작되었지요."

보단은 처음 듣는 이야기였다. 늘 원망만 했는데, 아버지를 향한 그리움이 가득해졌다.

홍 역관은 박연 대장과 보단을 번갈아 바라보면서 말을 이었다.

"보단이 아비는 늘 다른 사람 생각을 먼저 했지요. 결혼 후에 한양에서 제법 돈을 모으고 잘살았답니다. 어떻게든 조선에 정착하고 싶어 했었지요. 그런데 동료 상인이 거래가 잘못돼 어려워졌을 때 보단이 아비가 보증에 나섰다가 그동안 모은 전 재산을 잃었지요. 그래도 남을 원망하지 않고 다시 청나라와 나선을 다니며 돈을 모으려고 길을 떠났습니다."

"그런 일이 있었군요!"

박연 대장이 고개를 크게 끄덕이며 홍 역관의 말에 귀를 기울였다. 어머니는 고개를 떨구고 눈물을 훔쳤다.

"그 사람 돌아올 때까지 가족을 잘 보호해 주겠다고 굳게 약속했는데 이번에 큰일을 치를 뻔했습니다. 대장 어른! 도와주셔서 정말 감사합니다."

홍 역관은 거듭 박연 대장에게 감사를 표했다.

"오히려 제가 감사하지요. 홍 역관께서 저 같은 남만 늙은이 의견도 존중해 주셔서 일이 잘 해결될 수 있었지요."

보단은 두 사람이 한동안 서로를 치하하는 말을 들으며 비로소 두 사람이 자신을 구명하기 위해 얼마나 애썼는지 알게 되었다. 옥에 갇혔던 동안 소식이 없는 홍 역관에게 잠시라도 원망하는 마음을 품었던 것이 죄송하기만 했다. 무엇보다 아버지가 아무 이유 없이 집을 떠난 것이 아니고 다른 사람을 도우려고 고생을 사서 했다는 사실에 감동했다.

'아버지가 우릴 버린 게 아니구나!'

잠시 뒤 박연 대장이 보단에게 말했다.

"보단아! 푸이와 연경으로 가는 게 좋겠구나! 이번에는 사면받았다고 해도 이미 네가 시정잡배의 표적이 되었으니 장차 어떤 농간에 말려들지 걱정이구나!"

며칠 전 푸이가 연경에 같이 가자고 했을 때 선뜻 대답하지 못했었다. 보단이 가겠다고 나선들 홍 역관이 허락할지, 또 어머니는 어찌 될지 몰라 망설였기 때문이다. 그런데 박연 대장이 또 연경에 가라고 격려하니 보단은 어리둥절하면서도 설렜다.

"네 어미는 안심해도 된다. 네 아비가 돌아올 때까지 내가 보호할 것이다. 그러니 보단아 너는 이제 네 삶을 살아라. 세상으로 나가거라!"

홍 역관도 보단에게 간곡하게 당부했다.

그날 밤 어머니와 보단은 도란도란 이야기를 나누었다.

"엄니, 왜 그동안 아버지 이야기를 안 해 주셨어요?"

"속을 모르는 사람 중에는 아버지가 빚을 지고 달아났다고 오해하는 일들이 있었단다. 자칫 네가 더 상처받을 것 같아서…."

보단은 그 깊은 사연을 홀로 품고 살아온 어머니가 한없이 가엽고, 죄송한 마음이 들어서 절로 눈물을 흘렸다.

어머니가 소맷단으로 보단의 눈물을 닦으며 어루만져 주었다.

"보단아! 아버지도 네가 큰 세상에서 살아가길 원하실 거야. 어미 걱정하지 말고 떠나렴!"

보단은 어머니에게 다시 한번 물었다.

"엄니, 정말 제가 떠나도 되겠어요? 혼자 괜찮겠어요?"

어머니가 보단의 손을 한참 동안 쓰다듬으며 말했다.

"어미는 얼마든지 기다릴 수 있단다. 더 넓은 세상에 나가 네가 원하는 대로 살아 보거라."

"꼭 돌아올게요! 엄니, 많이 기다리시게 안 할게요."

드디어 연경을 떠날 날이 밝았다.

푸이가 기다리는 태평관으로 가기 위해 대문을 막 나서는데 유성과 마주쳤다. 유성은 보단의 눈도 제대로 쳐다보지 못한 채 주머니 하나를 불쑥 건넸다.

"이게 뭐예요?"

"뭐긴, 내가 빌린 돈이지. 너 여비가 필요하잖아."

보단은 차마 손이 내밀어지지 않아서 물끄러미 유성을 쳐다보았다.

“빨리 받아! 그리고 잘 가라. 내가 통사가 되어 연경에 가면 연락할게!”

유성이 우물우물하며 인사했다.

“네, 도련님! 공부 열심히 하세요!”

보단이 피식 웃으며 고개를 끄덕였다. 그동안 미운 정이라도 들었는지 배웅하러 나온 유성이 더 이상 밉지 않았다.

연경까지는 꼬박 두 달을 걸어야 한다는데, 도성 밖을 나가 본 적 없는 보단은 그 거리를 가늠하기조차 힘들었다.

“그래도 나랑 가니까 괜찮지?”

푸이가 해맑게 웃었다. 이 아이의 긍정적인 힘이 보단이 어깨를 쭈욱 펴게 했다.

“물론이지, 친구와 같이 가면 얼마든지 멀리 갈 수 있어!”

작가의 말

"딩동! 딩동!"

오래전 어느 봄날 저녁, 가족 모두 모여 식사하던 중에 난데없는 초인종이 울렸다.

이웃 아주머니라도 오셨나 싶어서 대문을 열어 주러 나갔던 나는 깜짝 놀라고 말았다. 단정한 차림새의 외국인 두 명이 친절한 미소를 지으며 눈인사를 건네는 것이 아닌가. 중학교에 막 입학해서 배운 영어 실력을 총동원해서 뭐라고 말해야 할지 머릿속이 복잡해지던 나에게 그들은 친절하게 한국말로 자기소개를 했다. 그리고 교회에 나오라고 전도까지 했다.

"아! 우리도 교회 다녀요!"

그다음에 무슨 대화를 이어 갔는지는 기억나지 않지만 생전 처음 외국인을 만났던 충격은 지금도 잊히질 않는다.

시간이 흘러 우연히 박연(얀 벨테브레이)을 알게 되었다. '그는 왜 하멜처럼 조선을 탈출하지 않았을까?', '박연이 이끌었다는 외인 부대에는 어떤 사람들이 있었을까?', '그에게 자녀들은 있었을까?' 교사가 된 이후 나는 학생들과 함께 교과서에 간략하게 서술된 박연의 기록 속에서 이런 질문들의 답을 찾아보려고 했다. 그 과정에서 역사 속 이방인들과 함께 살아가는 사람들의 모습을 상상해 보았다. 생김새와 언어가 다른 사람들이 서로 부대끼며 함께 살아가는 모습을.

바람에 날려서, 혹은 무심한 새 한 마리의 먹이가 되어 전혀 낯선 땅에 심어져 버린 씨앗처럼, 보단이는 사회의 약자로 모진 시간을 견뎌야 했다. 그러나 먼저 이 땅에 심어진 특별한 씨앗 박연, 보단이를 무조건 사랑해 준 어머니, 보호자가 되어 준 홍 역관이 있어서, 그리고 무엇보다도 친구가 되어 준 또 다른 이방인 푸이 덕분에 보단은 더 나은 미래를 향해 먼 길을 씩씩하게 걸어갈 수 있었다. 이름처럼 보다 더 나은 사람이 되기 위해서.

이 글을 쓰며 내 주변에 보단이들이 있는지 돌아보았다. 그들은 외모가 다를 수도 있고, 질풍노도의 사춘기를 지나고 있을 수도 있다. 이 시대의 보단이들에게 박연이 되어 주고, 홍 역관이 되어 주고, 함께 걸어갈 푸이가 되어 주고 싶다.

2024년 8월

박영주